李利军 著

我要找幸福

春风文艺出版社
·沈 阳·

图书在版编目（CIP）数据

我要找幸福／李利军著. -- 沈阳：春风文艺出版社，2025.5. -- ISBN 978-7-5313-6943-1

Ⅰ.I247.82

中国国家版本馆 CIP 数据核字第 2025F50F52 号

春风文艺出版社出版发行

沈阳市和平区十一纬路 25 号　邮编：110003

四川科德彩色数码科技有限公司印刷

责任编辑：平青立	责任校对：陈　杰
装帧设计：书香力扬	幅面尺寸：145mm×210mm
字　　数：217 千字	印　　张：8.375
版　　次：2025 年 5 月第 1 版	印　　次：2025 年 5 月第 1 次
书　　号：ISBN 978-7-5313-6943-1	定　　价：58.00 元

版权专有　侵权必究　举报电话：024-23284292

如有质量问题，请拨打电话：024-23284384

目 录
CONTENTS

水门桥故事 / 001
老表，我请你吃饭吧 / 004
我捡起了你的胸罩 / 008
外面的世界 / 011
兰陵王 / 015
电话里的声音 / 019
电话事件 / 024
演　戏 / 028
我的对象 / 032
关　系 / 035
睫毛上的泪花 / 038
敬　酒 / 042
苦肉计 / 046
老　桂 / 049

渔家傲	/	051
两个人的同学会	/	055
老同学	/	059
流浪狗的叫声	/	061
逗　猴	/	065
白　玉	/	068
杀　狗	/	071
牛　事	/	074
哺乳期的狗	/	078
你见过一条小黄狗吗？	/	082
带儿子一起去钓鱼	/	085
蚂蚁蛋	/	089
鹊　魂	/	092
买瓜奇遇记	/	096
陌生女人的倾诉	/	099
木点给女友凤的信	/	103
没见面的见面	/	105
高墙内外	/	108
油菜花	/	111
老枣树下	/	114
桃树风波	/	117
粗瓷饭碗	/	120
浴　客	/	123

纸　婚	/	126
四阿公	/	129
宋青友进城去看病	/	132
叹　息	/	136
房　客	/	139
一件蠢事	/	143
小镇税务官	/	146
闪小说：红尘笔记	/	149
名　字	/	164
你是我的眼	/	170
我要找幸福	/	174
小白脸	/	178
自作聪明	/	180
梦想和现实之间就是一张纸的距离	/	183
李四之死	/	187
楼上楼下	/	190
去找管乐	/	193
张书记	/	197
路过人	/	201
爷爷的爱情	/	204
子弹救下一条命	/	207
老张遇到了美好	/	211
虎　哥	/	215

西瓜鸡	/ 218
蟹粉鱼腐	/ 222
靖二馄饨店	/ 225
老赵面馆	/ 228
孙子的"同事"	/ 232
你看桃花朵朵开吗？	/ 235
三家村神话	/ 238
老师，对不起	/ 241
帮　忙	/ 244
窝　囊	/ 247
护工奚大姐	/ 249
父亲的日记本	/ 253

水门桥故事

　　从看守所出来，我抬头看到一辆警车停在对面。警车里下来两个警官，直冲我过来了。我心里不由得一阵哆嗦，不是在里面待过七天了吗？该处理都处理过了，又怎么了？

　　"我们是闸北派出所的。"警察快步走到我跟前说，"你是李不在吧？"

　　奇怪，警察脸上还带着笑容？

　　其实，我早就忘了自己的名字了，平时也用不上，家里外面都没人喊名字。我妈喊我小乖，外面人都喊我帅哥。别提我爸好不好？这个狗日的在我出生前就挂了，据说是抢劫时挟持人质被特警击毙了。后来我每次问起爸爸，我妈都会说："别提那个狗日的好不好！被狗吃了！"我妈生我时，医生问："孩子爸爸呢？"我妈柔情地望着满脸褶子、浑身毛茸茸的襁褓中的我，用产后尚存的一些微弱体力说："不在。"后来"不在"就成我的名字了。

　　我有些怕警察叔叔。我的右胳膊肘至今还有些酸痛，就是当时警察在网吧抓我时，我反抗，被那个小警察拧的。

　　曾经有那么一阵子，我经常会闲得发慌，睡得骨头疼，无聊时刷微信刷到大拇指抽筋，于是，经常在夜里出去转悠。

我第一次外出转悠是在一个深夜。转到淮海第一城小区边上的桑园路上，看到一溜排停着各种各样的车，我兴奋起来：夜深人静，大显身手的时候到了！手机屏上瞄一眼，已经夜里三点了。出师顺利，第三个车门就没锁，副驾驶上有一个女士包，我提了就走。这是我无师自通的第一次自主创业，很有成就感。

以后，我就经常夜里出去转悠。

那次，我在慈云寺门前广场转悠后来到水门桥底时，已经是夜里一点多了。蹲在桥下，把转悠来的两个包掏出来查看。还好，里面不少现货，现金有两三千，还有十几张各种各样的卡，有银行卡，有美容卡，有超市卡，有洗浴中心卡。我把卡甩在水面，打着水漂，眼看它们一张张晃悠晃悠地沉入里运河水底。

这时，从桥上扑通跳下一个人来，在水里忽上忽下地扑腾，桥面上有个女孩扒着栏杆，拼命地喊："救人哪！救人哪！有人跳河了！"一声哭腔随后就来了，"乔乔，你怎么能这样呢？"

不好，有人跳河！我来不及多想，衣服都没脱，赶紧跳下河，朝着那个人游过去。这个时候我要感谢我妈，在我六岁时就送我去游泳馆学游泳，使我掌握了游泳的技能。那个人眼看就不行了，身子沉下去，长长的头发在水面漂，看样子是个女的。我游到她身边，一边换气一边伸手去拽她的胳膊，没想到这个叫乔乔的女的一把抱住了我，两只胳膊像蟒蛇一样死死地箍住我的脖子，我差点窒息。我拽着这货慢慢挪到河边，却不想，脚底打滑，一下又滑下河岸。好不容易，我才连拖带拽地把乔乔拖到岸边，幸亏河边水不深。岸上的女孩放心了不少，拿手机边拍视频边直播，嘴里说着什么我已经听不到了，我累瘫在河边。桥上和河边已经聚集了十来个"吃瓜群众"，都纷纷拿出手机在拍照、拍视频。有群众在打电话：

"喂，110吗？水门桥这边……"还有群众在打："喂，120吗？快到水门桥这边来呀……"不一会儿，警车和救护车呼啸而至。我触电一样，想起了自己的身份，一下子惊醒，一骨碌翻起身，撒腿就跑。桥上的女孩兔子一样跑了过来，大声喊叫着："帅哥！帅哥！别走哇！留个电话啊！"我想，她视频直播中一路狂奔的我，一定很狼狈吧？

女孩的视频直播还是起到了一定的作用，在我被警察请到看守所的第二天，有关方面就通过视频核实了我的身份。后来才知道，我就是在救人的那天夜里，在其他地方转悠后，路过慈云寺顺路转悠一下时，打开一个车门取走我想要的东西后被监控拍到的，其实那次也没拿到多少钱，车主却报了案。然后，警察调看监控，第二天夜里就顺藤摸瓜在地下商城网吧将我抓获归案。

现在，在看守所门口，这两个来自闸北派出所的警察对我说："小李你不要误会，你盗窃的事情，已经处理完毕，以后希望你从善如流，好自为之；你救人的事，符合见义勇为条件，我们帮你申请了见义勇为奖金，请你跟我们去派出所做一个登记，后天市里要给你颁奖！咱们这叫桥归桥，路归路，一码归一码！"

在闸北派出所，我遇到乔乔，就是上次救过的女孩，还有她的同伴，就是拍视频直播的那个。她们都秀发飘飘、面容姣好，看到我后脸上都露出娇羞的表情。乔乔一边配合着警察做记录，一边在扫我的微信。那个女孩又在忙着她的直播，手机转过来转过去地拍，自恋地对着手机屏媚笑。

从派出所出来，我真想回家好好睡一觉。我妈来了，她从电瓶车上跳了下来，冲过来抓住我说："小乖，咱快回家去吧！你真是我的好儿子！"

老表，我请你吃饭吧

今年的雪真的大，而且有点怪。

那天早晨我去上班，晴空万里，还认真地深呼吸了几下清新的空气。到办公室，比我早到的同事已经把空调早早打开，特暖和。我对同事笑笑，望了望窗外说："天气真好哇！"

同事眼皮都没抬，说："下午就要下雪了。"语气还有些轻描淡写。

我不得不又望望窗外的艳阳高照，说："怎么可能啊？这么好的天！"

"你不看天气预报哇？现在天气预报挺准的！"同事也望望窗外，又望望我说，"我家闺女学校已经通知了，明天放假呢！"

手机响了，一看，是老家的二狗子。刚接通，二狗子就迫不及待地说："老表哇，你今天忙吗？我请你吃饭吧！老板说，明天不需要上工，今晚要下大雪！"

二狗子是我老家的邻居，小时候一起长大，一起玩。后来我考上外地学校，毕业后就没回去。而他一直在老家，小时候笨，家里穷，没念过书。先是种地，后来到处打工。我每年都要回老家几次，每次都想见见他，却总是不巧，不是到上海打工去了，就是到北京做活了。一直没见着。

这"一直没见着"就是三十多年。前一阵,忽然接到一个老家那边的陌生电话,开口就喊我老表,问我还认不认识他,说他是胡某某,小时候住家门口的。我一阵愣,真不知道是谁,我问他小名叫什么,他说我是二狗子呀!

我们那个村子就两大姓,姓李和姓胡,多少辈的老表亲,见了面都是老表。

二狗子告诉我说,他和村里的几个人到我所在的市里修高架路,工地在西安路上。

能和二狗子联系上,我真的很激动,忙说:"好哇好哇,明晚我请你吃饭!老家来的人,都带着!"

第二天晚上,我又喊了这边的几个老乡一起参加。二狗子带着村里一起来打工的四个乡亲,有的我有印象,有的没有一点记忆了。晚上酒喝得真开心。

过了一个星期,二狗子又打我电话,说:"老表,今天晚上我要请你吃饭!"我说:"算了吧,还是我请你吧。"他说:"老表哇,你不要小看我呀,我虽然是个打工的,但是请吃顿饭还是可以的。"我笑笑说:"不是不是,我请你吧。"于是,他带来四个老乡,又一起喝了一通。

这是第三次了。我说:"还是我请你吧,老表,把他们几个都带着,晚上还到老地方去吧。"二狗子说:"那好吧。"

挂了电话,同事说:"老家人是善良淳朴的,你请他吃饭,他们过意不去,要回请你一下吧?"

其实,我心里已经有些发怵了,这样没完没了请吃饭,总不是办法,下次就拒绝一回吧。

我打电话让另外一个老乡过来陪,老乡说:"你是好人哪,大家都喜欢跟你玩呢。"

晚上,大雪果然就下了起来,越下越大,地面渐渐就被一层白色所覆盖了。

酒喝到最后,二狗子要去结账,被我拉坐下了。

不过,我也不得不算算账了,这样一次连酒带菜要花千把块,总是这样也真够呛的,以后还是要学会推辞一下的。

一周后,时断时续的雪终于停了,由于城市管理者越来越有经验,这次的大雪一边下,一边就被环卫工人和社区、机关、企事业单位的志愿者们打扫干净,生产生活都没怎么受到影响,雪一停,一切又恢复了正常。

路过西安路,见到高架路工地的工人又热火朝天地干上了,这里面肯定有二狗子和我的几个老乡,真感谢他们为我们的城市建设做出的贡献。

我到办公室,刚准备烧水,二狗子电话又来了,说他回了一趟老家,老家人都向我问好呢。我有点感动,说:"我做得不够呢。"二狗子又说:"老表,今晚我请你吃饭吧!"我一愣,条件反射一样地说:"不行啊,今晚我们单位有活动呢,过几天我请你们吧。"二狗子显然有些遗憾:"那就明天晚上吧。"我说:"明天再说吧。"

我有点怕二狗子了,怕接到他的电话了。不过,怕也没用,第二天二狗子的电话照样打了过来,问我晚上有没有时间,他要到我家去一趟。我赶紧推说晚上要加班,很晚才能回去。我哪里敢把他们往家里带呀,我那城里老婆连我父母来家里都没什么好脸色,我不是自找难堪吗?

第三天上午,二狗子的电话又锲而不舍地打来了,我没等他开口,就说:"老表,年底了,我真的很忙,等春节后我再请你们聚聚吧!"

二狗子有点遗憾,说:"老表,我知道你忙,就不打扰你了,我这次回老家,带了两桶原浆酒和两条羊腿,我哥杀羊的,叫我一定带给你的,这些东西都放在你们单位的传达室了,你下班记得带回家呀!"二狗子叮嘱着我,又说:"老板又在南京接了一个工程,现在正带着我们朝南京赶呢!你春节回老家去吧,我们好好喝两杯!"

我到传达室拿回东西,心里有点发酸。

雪已经停了好几天。马路牙子上的绿化带里,还残留着一些雪,在阳光的照射下,发出耀眼的光芒。

我捡起了你的胸罩

那天早上，吃了早饭我去上班。

在路过我们小区 D01 幢楼下时，忽然，面前掉了个东西下来，把我吓了一跳。仔细一看，原来是一件女士的胸罩。我脸一红，不由自主地抬头往上一看，就看到二楼 201 室的阳台窗户口，一个美女正不好意思地看着我。她的脸同样也是红红的，像那天早晨东方迷人的朝霞。我准备绕着走开，又想了想，觉得还是捡起来递给她好。举手之劳，君子何不为之？

于是，我说："你等着，我扔给你！"

她害羞地笑了笑，点了下头。

她笑的样子真迷人，一直在我脑海里印了好多年，就在我坐在电脑前打这段文字时，还清晰无比。

于是我捡起胸罩。可是，我手刚一接触到那件粉红色的胸罩，头脑里忽然有一种异样的感觉，我的手仿佛触摸到它主人光滑细腻的肌肤一样。我感觉到我的手有些抖动，但还是把它捡起来了。

我的这种感觉让我有些失态。在扔胸罩给她的时候，我不敢看她的脸，而且，扔第一次没扔上去，第二次才扔上去。她笑着说谢谢。可是我却逃也似的快步走了。

后来，每次路过 D01 幢时，我都要条件反射地朝地上看一眼，然后再朝着 201 室看一眼。但再也没看到过那个迷人的美女。

我家住她对面的 D03 幢 301 室，有时候，我还会扒着我家卫生间窗户，向着对面 201 室的阳台和卧室偷窥，想看一看她的影子。

但是，我多半看到的都是一个老头儿，还有一个老太太。

我早上有跑步的习惯。那天早晨在柳树湾跑步时，见一个青春亮丽的女子迎面跑过来，我感觉似曾相识，一想，这不是我捡到过胸罩的那个美女吗？就打了招呼。

就算成了熟人。

不过，我看到她就会脸红，她也是，看到我就笑。

报社老张帮我介绍对象。他已经帮我介绍过不止一个对象了，当然都没成功。我坐在老张家心神不定地看着电视，就见外面进来一个姑娘，偷眼一看，这不是那个美女吗？心想不错不错，看来，我们还是有缘分的。可是，这只是我自作多情，她并不是来相亲的，老张是她二舅，她路过她二舅家，就上来看看。如果老张真的把他的外甥女介绍给我的话，那倒不错，我也会理智地看待辈分这个问题。但是，老张要介绍的人并不是她的外甥女。我怕她知道我是来相亲的造成我的尴尬，而且，又想起了胸罩的事，脸又红了，赶紧找一张报纸，假装看起来，把整个脸挡了起来。女孩在她二舅家吃了些东西，又说了几句话就走了。走的时候，她用甜甜的嗓音说："再见，二舅！"这个时候，我是多么想跟老张也喊一声"二舅"哇！

一次吃饭桌上，正巧我们俩坐一起，我们笑着打了招呼，请客的人奇怪地问："你们认识？"我笑着点了点头，她点了点头笑笑。别人问怎么认识的，我们都红了脸。请客的人还问，我就大声说：

"我捡过她的胸罩!"

她就笑着打我。

吃饭的时候,我们俩谈得很投机,真的有一种微妙的感觉。饭后,主人让我送她回家,我忙说当然当然,我们住一个小区,正好。

送她回家的路上,我净找没路灯的小巷走,半小时的路程,硬是被我拉长成了两个半小时。

慢慢地,我们之间真的有故事了。

一年后,我们结婚了。

在举行婚礼的时候,老张也来喝喜酒。在酒店大厅门前,我远远地望见老张,不知道如何是好,看着他只是笑。而我旁边的她,大老远就一口一个二舅地喊。

老张就拿眼坏坏地看着我,也笑。她叫我喊二舅,我笑着说,不能喊。她用手在我的腋下不动声色地掐了一下。我就说我想起了一样东西。她忙问是什么东西。我附在她耳朵上说,我想起了你那个粉红色的胸罩,我要把它永远珍藏在心里!

小城,立时浴在红红的霞光里。

外面的世界

爹说："山娃子，下地去。"

你就扛起镈，耷拉着脑袋，怏怏地跟在爹身后，向田里走去。到了地头，爹说："刨吧，今晌把这亩山芋刨完。"你就刨。但镈不听你使唤，不是举高了，就是举低了，老没个准星。望着爹熟练健壮的身姿，你甚至有点羡慕了。

望着你作难的样子，隔沟也在刨山芋的邻家杏妹子就咻咻地笑，捋了捋刘海儿，又刨起自家的山芋了。你一气，扔下镈，就走了。杏妹子愣了，你远去的背影，在她的瞳孔里模糊起来。

躺在河堤上的槐树林里，槐花的香直往你鼻孔里钻，那股清香熏得你五脏六腑都被洗刷了一遍似的。扯过一株甜甜的茅草根，在嘴里嚼着。

你想起了七月，那个白得耀眼的七月，是它抛弃了你、坑了你。本来，七月份一过，你十拿九稳会成为"吃皇粮"的大学生的。没想到临近高考的前几天，大脑突然不听使唤了！头，晕乎乎的，心里一团糟，学过的东西，怎么也理不出个头绪来。你着急。班主任比你更着急。你是他的一张王牌。他站在你的床前，来回踱着步，手不停地搓着，额上的汗珠，密密的。

你的心,叫七月给揉碎了。

找爹要一百块钱,说要出去转转,散散心。爹心疼地望着消瘦的你,从木箱里取出一个小布包,解开,拿出一个手掌大的塑料纸包着的小包,一层一层打开,里面是一块两块的钞票。爹手蘸着唾沫一张一张地数,凑足了一百块钱,叮嘱你道:"娃子,莫走远,早回呀!"你点了点头,刚走出大门,爹又喊住了你:"再带上二十块吧。"

到了上海。下车后,你决定先到新华书店看看书。书,对你的诱惑力还是挺大的。旁边就有几个人争着为你带路。上海人,真好!你心里的那片海,湛蓝湛蓝的;你十七岁的心灵,透明透明的。你跟一个老头儿挤上了公共汽车,老头儿让你打票,你忙说当然当然。只坐了两站路,就到新华书店,你说:"谢谢您,老人家!"老头儿冲你一乐,把手伸过来说:"三块。"你愣了。"三块钱,最便宜了。"老头儿不屑地说。你脸一红,赶紧掏出钱。老头儿接了钱,转脸便消失在你眼前这个茫茫的人海里。那一张二元和一张一元的纸币上,还沾着爹的唾液。

书店可真大呀!可你再也没有心情看了。耳边,正放着齐秦的歌:外面的世界很精彩,外面的世界很无奈……

你来到一座富丽堂皇的大楼前,怯怯地上前,问看门的保安人员要不要临时工。保安人员对你横眉冷眼:"去去去,乡巴佬!"

你不甘心,又去一家。遭遇几乎是相同的。

这个时候,你觉得外面的世界很无奈。

你深一脚浅一脚,失魂落魄地走在上海的大街上,脑子里就出现了这样的画面:

村上的二柱子,小学没念完,就进城倒卖起鱼虾来了,只两三年工夫，家里便倒腾起四间上下的小洋楼了。现代化的设备一应俱全，还从城里带来一个俊俏的媳妇。现在，他手下雇了三个帮手，做起了动嘴不动手的大老板。那次在街上，一辆摩托车嘎地停在你面前，你慌忙退到一边。那人拿下头盔，你才看清是二柱子。他冲你笑笑，说："我说山娃子，你真是聪明一时糊涂一世，读书有啥用？大学毕业又怎样？也不就拿百把块钱的工资，还抵不上我倒腾一天呢！怎么样，下来跟哥们儿一道干吧！"当时，你孤傲地笑了笑，没有睬他。现在想想，你的心里不由得一动。

回来的车上，你把自己的故事描绘得挺精彩，也挺动人。青春的花季，在你心中开得绚丽多姿。

吃了饭，饭碗一推你就去找二柱子。前脚刚迈出门槛，你就见爹引来一位清瘦的客人。两个人在夕阳的烘托下模糊成一幅油画。

那人是乡里中学的马校长。

你的心里此时如打翻的五味瓶。

"学校正缺师资，"校长坐在爹搬过来的凳子上，猛吸一口爹给点的烟，悠悠地吐了一长串烟雾，说，"到我那儿去吧。"

扇子从校长的左手转到右手，又从右手转到左手，不停地扇着。但校长脸上的汗珠，依然蝌蚪一样缓缓地爬着。

"山娃子，应了吧！"爹的目光，带着企求。

你望了望校长。校长的眼光热辣辣的……

你低下了头。因为你没有心理准备。

"你好好考虑一下吧。"校长站起身，"工作以后，照样可以进修……"

爹留校长吃饭。校长不肯，走了。

你回过神来的时候，校长早走得没影了。

你看到的是,大门口,杏妹子清纯清秀的身影和她脸上无忧无虑的表情,定格成的一幅水墨画。

你冲杏妹子笑笑,然后很自信地望了望天,总觉得今天的天气是最好的!

兰陵王

入秋，汴梁的雨润润地下了几日，渐渐就把牡丹花洇开了。

徽宗被梁山泊的宋江之事弄得头痛欲裂，已几日不上朝了。这天，他又躲在后宫，画他的山水。画着画着，他不禁恼怒起来，怎么越画越像想象中的水泊梁山？气得他摔了笔，扯过画纸三下两下就给揉了，恨恨地扔向门外。

太监捧上水果一盘。徽宗心灰意懒，挥手让他下去。太监刚走，他又喝住了他，问盘中何物。太监忙跪下回话说："是今年江南初次上贡的新橙。"徽宗微闭双目，缓缓地说："留下。"

晚上，徽宗换了微服，带个小厮，出了宫门，穿小街，过背巷，来到李师师处。

老鸨李姥一见徽宗推门进来，慌了手脚，赶紧大声招呼道："大爷来了哎，师师速速迎候！"

师师的门开迟了些。徽宗一进门，就砰的一声把门关实了，上了栓。

窗外，秋雨淅沥沥地敲打着梧桐叶。窗子里，徽宗坐到师师的软床上，剥了橙肉喂到师师嘴里。师师娇声连连："爷，真个是味甘如饴，流汁似露哇！"徽宗搂过师师，微笑着说："师师，你真是朕的忘忧草哇！有你在身边，朕什么烦恼都没有了。"师师就剥好了橙子，纤手剥开两片黄黄亮亮的橙肉，也喂进徽宗的嘴里。甜甜的橙汁融化在徽宗的口中，甜甜的师师融化在徽宗的心头。

三更梆响，徽宗匆匆离去。

送走了徽宗，师师赶紧从床底下拽出哆哆嗦嗦的周邦彦。

三日后，徽宗又来。师师便为他弹唱一首《少年游》。词曰："并刀如水，吴盐胜雪，纤手破新橙。锦幄初温，兽香不断，相对坐调笙。低声问：向谁行宿？城上已三更，马滑霜浓，不如休去，直是少人行。"徽宗本侧身坐在被窝里，眯着眼品味，听到这"纤手破新橙"，惊坐而起问："师师，此乃何人所作？"师师奏曰："周邦彦。""周邦彦何许人也？""开封府盐税官，作词的一把好手。"师师道。

隔日，徽宗怒气冲冲地坐朝升殿，宣谕蔡京："朕听说开封府盐税官周邦彦征税常不满额，为何不上报？"

蔡京莫名其妙，心里想，皇上今天是怎么了，梁山宋江都要闹翻了天，他不问，却问起一个小小盐税官的事来了？纳闷归纳闷，但还是奏道："请容臣退朝后呼京尹查问，明日早朝再奏皇上！"

晚饭后，京尹匆匆赶到蔡府，向蔡京汇报说，这周邦彦虽则整日寻花问柳，作些艳词在歌楼酒肆间厮混，但公事还算踏实肯干，盐税都是超额完成的。

蔡京沉吟一阵，说："皇上过问此事，里面肯定有名堂。我们不能违了圣上的意，否则是要掉脑袋的！"京尹惊问如何处置。蔡京说："就按皇上的意思回奏吧。"

第二日早朝，还没等蔡京回奏，皇上的圣旨已下来了。圣旨曰："开封府盐税官周邦盐，职事废弛，着从速押出京城！"

汴梁城的雨停了,吸足了水分的牡丹开得艳呢!

这日,徽宗的心情好了些,又来到师师处。却不见师师。忙问李姥。李姥却不敢说。问得紧了,李姥怕犯欺君之罪惹来杀身之祸,忙跪下禀报说,师师去送周邦彦了。

徽宗的牙齿在嘴里咬得嘎嘎响。他又恼又喜。恼得是师师对周邦彦情真意切,到这个时候还去送他,撂他一个人在此枯坐。更让他恼怒的是,那夜他与师师互喂橙肉,却被那厮躲在暗处看得真切!卧榻之侧,岂容他人酣睡!喜的是这周邦彦终于被他摆弄出京城,以后想和师师见上一面,恐怕就难了!想到这,徽宗的气彻底消了。他让李姥取来笔墨,自己细心地研墨,在宣纸上又写起了他的"瘦金体"。

梆。街面上一声梆响,入更了。

师师推门进来。一脸的倦容,愁肠百结,恰似带雨梨花,霜打牡丹。

徽宗掷笔大怒,质问:"你去了哪里?"

师师抹去眼角的泪花,奏曰:"臣妾该死!臣妾知周邦彦获罪押出京城,邀几个小姐妹略备水酒相别,不知皇上到来!"

徽宗不语。这个周邦彦,好大的艳福!

徽宗问:"可有词否?"

师师忙说:"有《兰陵王》一首。"

徽宗闭目,缓缓道:"唱。"

师师脸上这才露出笑容,金莲慢移,扶了徽宗坐下,倒了一杯热酒递过去,说:"容臣妾唱来,歌此词为皇上欢!"

就听得师师唱道:"柳阴直,烟里丝丝弄碧。隋堤上、曾见几番,拂水飘绵送行色。登临望故国,谁识京华倦客?长亭路,年去

我要找幸福　　017

岁来，应折柔条过千尺。闲寻旧踪迹，又酒趁哀弦，灯照离席。梨花榆火催寒食。愁一箭风快，半篙波暖，回头迢递便数驿，望人在天北。凄恻，恨堆积！渐别浦萦回，津堠岑寂，斜阳冉冉春无极。念月榭携手，露桥闻笛。沉思前事，似梦里，泪暗滴。"曲调精奇缠绵，勾人心魄。师师发声清亮，温婉媚和，姿态妍妩。

徽宗不禁连连击节赞道："好词！好词！"

"泪暗滴，泪暗滴……"他嘴里念叨着，出门回宫。

第二日上朝，徽宗复谕蔡京，召回周邦彦，任命为大晟乐正。

蔡京傻傻地望着徽宗，半天没说出话来。

徽宗的目光透过蔡京的头顶，透过大殿，他看到远处的屋檐下，一簇簇牡丹迎风怒放，开得旺呢！

电话里的声音

有天，我拿起话筒随便拨了个号码，拨过后想了想，可能是初中时的同学赵。

"你好，要哪里？"那头传来一个美丽的声音。

一个女孩的声音！

"接398，找赵。"我说。

"请稍等。"

声音美丽的女孩长得一定不错。我想。

"对不起，没人接，"略一停顿，她又问，"找他有事吗？他回来后我让他打个电话给你。"

"麻烦了。请问，你是谁？"

"我叫晴，总机。你哪儿？"

"我叫安。"我忙说，"在××局做事。电话号码342323。"

"我记下了，再见！"

赵在我要下班时，果然就打电话来了，问我啥事。我忙说："没事没事，有点想你了哈哈，哈哈哈哈……"

那几天，心情特好。

又拨了那个号码：但愿还是那个声音！

"你好，要哪里？"

果然是那个美丽的声音！是晴的声音！

"你是晴吗？"

"是呀，你是谁？"声音里有一丝疑惑。

"我是安哪，××局的。"我好像挺紧张，双手握紧话筒，急切地说。

"噢，你好。找赵的，是不？"

"嗯哪嗯哪。"我忙应着。但马上又说："随便随便。"

"你真不走运，"她说，"接班的时候，我看他和一个漂亮的女孩一道出去了。"

"他小子谈对象了？"话刚出口，我就后悔了：她会不会嫌我说话粗鲁？

"男孩女孩在一起就是谈对象吗？你这人真逗！"咯咯的笑声。

"哦……"我尴尬地笑，"我想，应该是吧……"

"你也真那个，男女间难道除了爱情就没有友情了吗？"

我刚要讲话，又听她说："对不起，我要忙了，再见。"

啪嗒。那头挂了。我只好怅然地丢下话筒。

后来我有事没事就老打那个电话，十有八九都是晴接的。起先希望打电话时赵不在，因为找他只是一个美丽的借口。久了，倒不再找赵了，直接和晴聊了起来。

再后来我就有一种冲动，想见一见这个长得一定不错的女孩。但那一阵子单位里公务较忙，且到赵的单位有三十多里的路，不通车，而我又没有自行车，就没去成。

不过，电话是常打的。号码我烂熟于心。有几次我晚上一个人加班，便和她通了整夜的电话，彼此都不觉疲乏。她有时也打电话来找我，不过不方便，电话在隔壁，要过来喊。话题多了，我问她："谈了朋友没有？"她调皮地反问我。我就说："你不是我朋友吗？"她就学着我的语气说："你不是我朋友吗？"

一个阳光和空气都很好的星期天，我决定去见赵。

其实是想见见晴的。

找到了赵。赵很高兴，抬手捣了我两拳说："你这个家伙，真是从天而降！今儿个咱来个一醉方休！"

我发现，赵的头发很长，一甩一甩的，很诗人。我有一种大老粗的感觉，在赵面前。

我没在意屋里赵的床上还坐着一个女孩。和赵打过招呼后，才发现她。赵招呼她过来。那女孩很美。

晴也一定很美。我想。

这次来我没有告诉晴，想给她一份惊喜。

"这是初中同学安，"赵甩了一下长长的头发，潇洒状极浓地把我推销给了那个女孩，"都是从老家一道出来混的。"

我友好地挤出点笑来，伸出右手想握一下那女孩的小手。但望了一眼赵，又缩了回来，顺势搔搔头皮，莫名其妙地说："今天天气真闷！"

女孩很大方地朝我打招呼："你好！"

挺纯的普通话。我突然对她好感起来，当时就想：她会不会是晴？

赵又随便地说："这是我的朋友，雯，××公司总机。"

她不是晴。

酒足饭饱之后，我们闲聊。其实我心神不定，老想开口问一问赵关于晴的情况。或者出去暗地侦察一下。但一直没有机会。

我要找幸福　　**021**

雯在收拾碗筷。赵在削苹果。

"赵,"我假装漫不经心地问,"你们这儿有个叫晴的吧?"

赵抬头望了我一眼,问:"你认识?"

"不。以前给你打电话都是她接的,声音蛮好听的。"我总觉得自己隐瞒了什么,有点不自然地站起身,走到窗前。窗外有几个漂亮的和不漂亮的女孩端着洗好的衣服在离屋后不远的地方晾,嘻嘻哈哈地挺开心。隔着玻璃,我可以看见她们,她们看不见我。我瞟一眼就过去了,没在意。

"噢,"赵站起来把削好的苹果递给我时,冲窗外噘了噘嘴说,"那个背朝我们穿红裙子正在洗衣服的女孩就是晴。"

我这才细看,那女孩短短的身材,不好看。待到转过身来再一打量,扁扁的面孔,小鼻子小眼睛,也不美丽,而且丑。

我一阵失望。为什么偏偏她就是晴?

"不会是她吧?"我说。她怎么会是晴呢?

"咳,怎么不会?"赵说,"一个单位的,难道我还不认识她?"

"声音好听的人一般长得都不怎么样,"雯一脚门里一脚门外,转过身来插上一句,"特别是总机。"

雯是总机,声音好听。可她很美。

后来我就再没打电话找过晴。

晴常打电话过来。我知道是她打的,就让喊我接电话的人告诉她我出差去了。喊我的人莫名其妙地望望我,嘴里嘀咕几句走了。这样,有十几次,晴也就不再给我打电话了。

晴还来找过我。在二楼办公室里,透过窗户,我远远地就见她进了单位的大门,忙起身躲到三楼的洗手间。一躲就是半小时,直到晴推着自行车悻悻而无力地走了。透过洗手间的花窗,可以望见单位的大门。晴走到大门口，还回过头来对着二楼我的办公室，凄楚地望一眼。

那眼神，就刀子一样刻在我心上。

晴的电话号码：331194，像梦中的花朵一样，猎猎地飘扬在我眼前。恐怕，这个号码，我一辈子也莫想忘记了……

电话事件

阿强经常打电话给桂子。

先前，桂子觉得这样挺有趣。

阿强是深爱我的。桂子想到这儿，心里就蜜蜜地甜。阿强常打电话给桂子，从结婚前一直坚持到现在。这种锲而不舍的精神常常叫桂子好感动，也叫桂子单位的同事好感动。有几次夜里，桂子醒来，看着身旁熟睡的阿强，禁不住掉泪了。桂子轻轻地吻一下阿强的额，然后仔细地端详着那张百看不厌的脸。再然后，不知不觉又睡着了。

早上上班时，阿强总要吻一下桂子，然后面带饱满的笑容说："老婆，愿你今天拥有好心情！"桂子浅浅地笑笑，很幸福。

桂子到单位办公室坐下不到二十分钟，传达室的老马头儿就会准时在楼下喊："桂会计，电话！"桂子就鸟儿一般轻快地飞下楼。

电话一准是阿强打来的。

接了电话，桂子总要说："谢谢您，马师傅！"

老马头儿就笑笑，真诚地说："桂会计，你真好福气呀！"

桂子一进家门，坐在沙发上看报的阿强就站了起来，看一下墙上的石英钟，说："老婆，今天回来你走了二十三分钟！"桂子笑笑，冲阿强做个鬼脸，然后围起围裙，到厨房做起了家庭主妇。阿强跟过来剥葱择菜什么的，各自说着当天感兴趣的事，小屋里就不时传来桂子音乐般的笑声。

大院里有夫妻吵嘴，不论老少，别人总要说："啧啧，瞧瞧人家桂子两口子……"

于是，舌枪唇剑立即停止，羡慕地望望东头桂子和阿强的家。然后，低头思量着自家的事。

桂子有点烦阿强频繁地打电话来是婚后九个月的一天。这天桂子来了例假，加之手头上的工作也出了点状况，心情不太好，接了电话就喊了一句："别烦我了！"然后，吧嗒一声挂了。

老马头儿吓了一跳，怔怔地望着远去的桂子。

桂子感到压抑，心里忽然有种怪怪的想法，好像以前的自己是一件什么物品，始终被阿强藏在箱底，攥在手心。

吃晚饭时，桂子对阿强说："以后没事少给我打电话，"顿了顿，又说，"单位里人都有意见了。"

阿强认真而费劲地看着桂子，他今天才觉得桂子也是难以读懂的。他点了点头。

隔天，阿强照旧打。

星期天，桂子要到单位加班，临走的时候对还躺在被窝里的阿强说："中午有同事结婚，我不回来吃饭了。"阿强正在觉头上，懒懒地应了一声，又睡着了。

十点钟的时候，阿强叫尿给憋醒了。上厕所后，来到街面拐弯处的电话亭。他摸了摸口袋，才发现没带钱。有条件还是自己装个电话，这样方便一点。回去拿了五分钱后，阿强向电话亭走来，这么一想，然后拨通了桂子单位的电话。

我要找幸福　025

老马头儿的闺女丑丑谈个对象，家里不同意，丑丑就跟一个来庄上说书的老男人跑了。一清早，老马头儿老伴儿从乡下赶来，哭哭啼啼地向老马头儿说了这事。老马头儿心里堵了棉花似的，挺难受，正想摔掉手中的玻璃杯。这时，电话铃响了。老马头儿拿起话筒，粗声粗气地问："谁？"

"马师傅，请喊一下小桂，"阿强知道老马头儿，"我是阿强。"

"不在。"老马头儿今天坏了心情，对什么都烦。

"她不是去加班了吗？"阿强有点急了。

老马头儿听不进这些，吧嗒挂了电话。

晚上，桂子回家掏出钥匙开门。钥匙刚顶到门，门就开了。原来，门，是虚掩着的。

阿强坐在沙发上看电视，脸色铁青，阴沉沉的，像要下雨。

"你上午到哪儿去了？"桂子刚放下拎包，耳边就飘来阿强不愉快的声音。

"不是告诉你了吗，加班去了。"

"你没去。"阿强没有抬头。

"……"桂子一愣，"谁说的？"

"传达室的老马头儿！"

"不会吧，"桂子想了想，又问，"几点打的电话？"

"十点一刻。"

"我在呀！"桂子觉得，阿强的语气有点阴毒。

"你他妈的还骗我！"阿强猛地一下站起，"你到哪里鬼混去了，说！"

桂子一下子跌坐在席梦思上，怔怔地望着阿强那张脸上陌生的表情，眼眶里有一种涩涩的东西在生长，一行泪水滚出了眼窝。桂子伏倒在床上，扯过被子捂了头，呜呜地哭出声来。

阿强一见，不知如何是好，又连忙过去哄桂子，桂子用力一推："过去！"

以后的一天吃晚饭时，阿强觉得桂子心情不错，就又问起星期天上午的事。

桂子先望了一眼阿强，然后低头自顾吃饭。半天，才淡淡地说："去看以前的男友了。"

阿强腮帮上的肌肉急速抽搐着，怔了一会儿，呆了呆，忽然站起来，揪住桂子的衣领，把桂子拎了起来，甩手一个耳光。然后骂道："你这个骚货！"

桂子不躲闪。

阿强目光和桂子眼光相遇时，发现桂子的两只眼睛像两支挂在屋檐上的冰凌一样，冷冷地刺着他。阿强感到手有点发麻。但他还是第二次举起了手。

"请你住手！"桂子鄙夷地说。她同时佩服自己的勇气，觉得无论心灵上还是肉体上都一下子解脱起来。

阿强举在空中的手，半天没有放下来。

桂子看了一眼桌上的台历：1991年10月18日。

这是她和阿强结婚一周年的日子。

后来，阿强就落下了病根，右手一举过头顶，就有一种酸酸麻麻痒痒的感觉在心头浪花一样泛起来。

演　戏

顺子年轻时挺活跃。大队成立宣传队，抽他去演戏。宣传队队长安排顺子演《红灯记》里的李玉和。顺子天生就是演戏的料，稍作准备，便上场演出了，很成功。后来，李玉和都是他演。

和顺子配戏演铁梅的菊香，十七岁，人长得水灵灵的，正是手一掐都冒汁的年龄。留一条又黑又长又粗的辫子，挺招惹人。菊香演起铁梅来不用化妆，只要场子一拉开，十里八乡的人都赶来看。

顺子不演别的角色，只演李玉和，他说："如果演别的角色，就会破坏李玉和在群众心目中的美好形象。当然，更不演坏人了。"区里一位土记者专门采访了他。顺子也正儿八经地接受了采访，说了一些革命形势，然后又背了许多毛主席语录。土记者走后的第五天，顺子的事在县广播站播出，喇叭里响了三天宋青河的事迹。宋青河是顺子的大名。

后来，全区全公社都传遍了：王村有个宋青河，演戏只演李玉和。全大队人的脸上都挺风光的。那阵子，顺子成了年轻人的偶像。每次演出，都有几个小大姐暗暗地打听顺子有媳妇没有。知道没有，便手捏衣襟羞羞退去。顺子有时当着菊香的面，和外村的女子亲热地攀谈，气得菊香在一旁直跺脚。顺子不让菊香演别的角色,说会破坏铁梅在群众心目中的美好形象。其实,他是怕菊香和别的男的配戏,看着心里发酸。他心里已经暗暗爱上了菊香。

有天,顺子早饭后到集上扯布,准备给菊香做件褂子。顺子走后,菊香忽然感到不舒服。小腹疼痛难熬。她爹忙叫人把她送往公社卫生院。医生一检查,说是阑尾炎,要开刀。开过刀,要休息几天。晚上还有演出,宣传队队长找顺子的妹妹豆花来暂时替代一下演铁梅。

豆花也留着又粗又黑的辫子,也很美。那时,人们对宣传队蛮眼热,不必下地干活,就能拿到比干活人多得多的工分,能被抽到宣传队,自然很开心了。豆花也很高兴,就认认真真地排起节目。

晌饭后,顺子从集上回来,听说这事,却死活不干。他把豆花骂了一顿,让她马上滚回家去。豆花好不容易得着一次露脸的机会,满以为哥哥会高兴的。这样一家就有两个拿高工分的了。没想到,却被顺子一盆冷水给泼了回去,好不懊丧,又拗不过顺子,只好哭哭啼啼地回家去了。

晚上还有演出,这下可急坏了宣传队队长,他对顺子吼道:"你这是目无领导,在破坏革命样板戏!"

顺子也扯起嗓子喊:"俺就不让俺妹妹来演铁梅!"

队长气急了,吼道:"滚!"

顺子赌气在家里坐立不安地熬过了五六天,也不见队长来找他,心里惶惶起来。

菊香倒是来找过他一次。她手术好了,把顺子喊出去,在村西的小河边慢慢地走。顺子这才想起一件事,给菊香买的那块花布,本来准备带出来交给菊香的,但临出门又忘了。几天没见着菊香,顺子的血好像被火点燃了一样,烧得慌,老想做点什么。几次想扯过菊香狠狠地亲她几口,都被菊香半推半嗔地给挡了回去。

"去给队长赔个礼吧,"菊香头低低的,"回到宣传队,还是俺俩配戏,好吗?"

顺子的心一颤。

菊香倒进顺子的怀里:"那你不想要俺了?"

"要,当然要。"顺子顺势就把菊香搂紧了。

菊香闭了眼,心里麻酥酥的。

"去给队长赔个礼吧,啊?"

顺子牛似的喘着气,不作声。

一阵风吹过,菊香心里泛起一阵凉意,问:"你到底去不去?"

"不去!"顺子两只手却不规矩起来,"你干脆也别干了。"

菊香奋力推开顺子,退后一步,整理了一下仪容,鼻子里撂出一个直冒冷气的哼字,撂下一句话:"俺就是要演戏!俺就喜欢演戏!"转脸就大步走了。

菊香这是和俺闹着玩的,一会儿她准回。顺子索性躺在草地上等。半天,也不见菊香回来,心口一下子被一团棉花堵住了,咂了咂嘴,乏味得很。

顺子站起身,身子轻飘飘地向家走去。身后,萤火虫鬼火样地闪,虫儿们欢快地歌唱。

又过了五六天,吃晚饭时,听豆花说,李玉和由西村的小扣子来演了。小扣子本在城里念初中,学校"造反",他便回来了,演起李玉和来,比顺子又高了一筹。顺子心里咯噔一下,心里直犯酸水。豆花再看他的时候,一下子觉得顺子老多了,心里也就不好受起来。顺子又问:"铁梅是哪个演的?"

"还是菊香姐……"豆花说过后就后悔了。

顺子心里酸水犯得更凶了，放下碗，推说吃饱了，走进屋里，倒在床上，用被蒙了头，呜呜地哭了起来。

后来，菊香竟然和小扣子结婚了。顺子想，菊香的脸，在演戏时是常被自己摸过的，虽然没干那事，也算个破鞋吧。让小扣子拾自己的破鞋，心里又多少有点坦然了。晚上，顺子就把那块本来扯给菊香的花布，拿到村后的小河边，瞅着四下没人，点把火烧了。烧着烧着，又后悔起来，连忙抢起来，花布已经烧了几个大洞。

没多久，顺子也结婚了。女人是隔河刘庄的巧儿，是顺子当时的戏迷。

有天晚上，巧儿躺在床上，问要和她干那事的顺子，当初为啥只演李玉和。

顺子不说，女人就不让他沾身。顺子终于敌不过女人的隔离政策，讪讪地道出原委："嘿嘿，演李玉和时，能摸一摸演铁梅的菊香……"巧儿一把搂过顺子，说："别想那女人了，俺们好好过日子，成不？"顺子点点头。

巧儿这才明白，顺子不让豆花演铁梅的原因。

我的对象

谈对象,作为结婚前的一道程序,几乎是每个人都要经历的事情。人们给这个程序赋予一个十分优美的名词:恋爱。"谈对象"是我们这个地方"谈恋爱"的口头语。

一生当中,谁没有谈过几次对象呢?也许会有没谈过的,但是少。当然了,自小就皈依佛门的和尚尼姑,就不说了。

一个人独处的时候,静下来,有些往事就会像空气里的微尘般——浮现在眼前的光柱里面。虽摸不着,却能感受她的存在。这个"她",便是自己曾经谈过的"对象"。

细数起来,自己谈过的对象已经忘记其数了。有的是相处数年却出于种种原因没能够牵手走进婚姻的殿堂;有的只是在介绍人的引荐下匆匆一面,因为找不到感觉而放弃;更多的却是相处几次后,出于这样那样的原因,自己放弃,或者被放弃的。

有个对象,至今印象还在,时不时就会闯进我的思绪深处,那一张娃娃脸,童花头,黑眼珠,还会像一只调皮的蝴蝶一样,闪现在我的脑海。

那是我从技校毕业后的第二年,我在机关食堂做厨师。同住一个大院的一个同事的岳母是本地人,看着我这样一个小伙子远离父母一个人在淮生活，挺孤单的，动了恻隐之心，又加上我这个人长得还算对得起观众，便张罗着给我介绍对象。她把她的街坊老张家的二女儿介绍给我。她的眼袋很大，有点像金鱼。她眯虚着金鱼眼说，咱这张家二小姐，人模样长得特别俊，要脸蛋有脸蛋，要腰身有腰身，初中毕业，文化是低了些，只能在纱厂上班，但是人品是没说的，我是自小看着她长大的呢！一席话说得我飘飘然，一颗小小的心扑通扑通直跳。

见上了后，觉得小姑娘模样、脾气还真的不错，就稀里糊涂地和媒人到她家吃了一顿饭。其实，饭是不能吃的，起码是不能随便吃的。我们这里的规矩是，吃了饭就说明你对人家没有什么意见，差不多就算是定了下来，接下来就是双方父母见面，订个亲，起码是八字完成一"撇"了。当然，这是后来才知道的风俗。所以，后来再谈对象时，对于到女方家吃饭，就特别慎重了。

过几天，媒人问我觉得怎样。我望着她的金鱼眼，不好意思地抓抓头皮，害羞得说不出话。"金鱼眼"笑眯眯地再问，我吞吞吐吐地说："还行吧，好像岁数小了些。"金鱼眼先是一怔，旋即扑哧一笑，说："小什么小？人家二十，你二十二，不是正般配嘛！"

一想，相差两岁不算什么大事，就谈着吧。

相处倒也是融洽得很，恋爱也是有滋有味，看看电影，转转桃花岛，只是一次无意中看到她的身份证，发现她的出生日期了，掐指一算，原来她只有十六周岁！怪不得像一只含苞迟迟不放的花骨朵呢！

乖乖隆地冬，赶紧刹车，挂上倒挡，快速向后撤退吧。二小姐看出点问题了，问我为什么。我说："你还是看看书，好好学习，过两年再说吧。"她先是不吱声，过了一会儿，摔门走了。我正要舒一口气,端起茶杯还没喝到水,她又敲开了门,对我喊道:"好好学你妈个头,我已经工作一年了!"白眼一翻,扭头就走,噔噔噔,高跟鞋砸着楼梯,也砸在我的心上。

从此,"金鱼眼"看到我都会把头转过去,而我看到她老远过来了,也赶紧转身就走。

说来也怪,淮城就这么大,自此,再也没看到过张家二小姐。

几年后的一天,路遇"金鱼眼",她挡住我的去路,一脸炫耀地说:"你看你没有福气吧,人家二小姐跟一个新亚商城什么猪倌(主管)结了婚,生了对双胞胎胖小子,幸福得很呢!"

"幸福就好,幸福就好。"我面带一种伪装的世俗的笑容,送上对张家二小姐的祝福。

一晃三十多年就过去了。

一天,我到大运河广场去跳广场舞,休息的时候,我找个人少的地方抽烟。

有一个矮矮胖胖的大妈跟着我,不住地端详着我,疑惑地问我:"你也退休了?"

"是呀。"我虽然不认识她,还是礼貌地回答了。

她又问:"你是不是原来在培训中心做厨师的小李?"

我说:"是呀。"

她一拍大腿,说:"坑死人,我是张家的二小姐呀!"

关　系

甲和乙从一所技工学校烹饪专业毕业，分在同一个单位工作，当厨师。

报到后，领导安排他俩一个站锅，一个站案子。也就是说，一个切菜和配菜，一个炒菜。相对来说，站案子活要轻松些，站锅活要重些，而且有油烟味。所以，领导就征求一下他们的意见。甲对领导说："没关系，我俩关系好着呢，四次实习三次在一块，又是老乡，告诉你吧，司务长，在学校三年，我们一直住在一个宿舍，吃一锅饭呢！"乙笑了笑，说："是呀！是呀！"

于是，乙就站了案子，甲就站了锅。

工作之余，甲喜欢研究研究菜谱，没事时写些有关吃方面的豆腐块，投到报社去，嘿，还就有发表了的呢。乙呢，喜欢看书，看成人高考的书。

这样说来，甲是个浪漫主义者，乙是个现实主义者。

甲的豆腐块写得多了，在报纸上露脸的机会多了。而且，开始写些诗呀散文之类的，风花雪月的，真的像个浪漫主义者了。乙参加成人高考，第一年没考上，第二年考上了，脱产学习三年，这也是他的现实主义取得成功的表现。

三年后，乙大专毕业回来了，领导把他提拔成了司务长。领导宣布后，又安慰了一下甲，怕他有情绪。甲说："没关系，你忘了吗？我俩关系好着呢，又是老乡，我一定支持他的工作！"说完，甲就笑了笑。

乙也笑了笑。

领导也笑了笑。

甲业余时间还写他的豆腐块。乙又上起了党校，本科，学的是经济管理，学制两年半。

又三年过去了。乙成了单位里第一个本科生，上级大领导按照干部年轻化、知识化、专业化的要求，把他提拔起来，成了主任，原来的主任变成了书记。

一天，大领导来食堂吃饭，乙陪着。饭后，大领导红光满面，剔着牙，来到厨房，乙跟在领导身后。看到在案子上忙前忙后的甲，大领导说："小甲，辛苦了！"

甲把手在围裙上擦了擦，又拿下厨师帽擦了一下额头的汗，说："不辛苦。"

大领导望了望乙，又说："你和乙主任是同学吧？"

甲说："是呀，是呀，我俩关系好着呢！"说完，甲自己先得意地笑了笑。

大领导也笑了笑。

乙也笑了笑。

然后，大领导和乙对视了一下，又一起笑了笑。

又一个三年过去了。乙因为犯了经济问题，主任被撤掉了。大领导考虑到他是烹饪科班出身，就把他安排到食堂，重操旧业。可是，他多年不动手，锅也站不好，案子也站不好，新来的司务长就皱起了眉头。甲见了，不乐意了，说："我俩是同学，又是老乡，关系不一般，司务长，你可要客气些！"甲是单位里的技术骨干，资格老，有特级厨师证书，还是市作家协会会员，大领导都让他三分，司务长得罪不起，就笑了笑。

乙也笑了笑，苦笑。

没事的时候，乙躲在包厢里看自己的手，白白胖胖的，关节处有一个个圆圆的凹槽。而甲的手，又粗又壮，好像骨子里也透出技术来。他长长地叹了口气。

叹过气的第二天，乙就打了辞职报告。

时光荏苒，日月如梭。再一个三年以后，乙开的激情燃烧大酒店在市区已经很有名气了。一天，乙把以前单位同事请来吃饭。请来了局长、处长、主任、司务长，也请来了甲。

新来的局长坐在主宾位置上。他不认识甲，望了望甲，疑惑地问身边的乙。乙马上站起来介绍说："局长，这位你不认识吧？他是你的部下，培训中心食堂的甲师傅哇！"乙自豪地说，"我俩是同学，关系好着呢，四次实习三次在一块，又是老乡，在学校三年，我们一直住在一个宿舍、吃一锅饭呢！局长大人，你可要照顾些呀！"

乙说完后笑了笑。

局长也笑了笑。

其他人也跟着笑了笑。

只有甲没有笑。

局长就说："乙总，那，咱们就开始吧？"

"喝酒！喝酒！"

于是，杯觥交错，热闹起来。

有人听到泪落的声音，落在自己的心里，心绪乱成毕加索的画。

我要找幸福　037

睫毛上的泪花

小时候，在所有亲戚中，外婆家我是最想去的。

外婆会弄饼给我吃，有时候还会煮个鸡蛋什么的。

外婆家离我家有五里路的样子，要过两道河。过河有危险，直到我五岁时，家人才允许我一个人去外婆家。

从我们家出来，顺着古山河大堤向南走，过一块田野，过古山河桥，这是第一道河；再过一片田野，翻过西小河，就可以看到外婆家的庄子了。西小河便是第二道河。

古山河的桥离水面很高。过古山河桥的时候，我会提前准备好一大抱的土块。到了桥上，费劲地往河里砸土块，河水咚咚直响，真是快活得很。

过西小河的时候，我喜欢蹲下来，听小河水潺潺流淌，看不知名的水草随着水流来回摆动，看小鱼小虾自由地嬉戏，心里说不出地舒畅。

到外婆家后面的田野小路上，我跑一阵，走一阵，然后再扯着嗓子喊上一阵。外婆听到我的声音，就连忙放下手中的活计，来到屋后，站到屋檐下，手在围裙上来回擦着，踮着脚朝我这儿张望。

等到我羞涩地站到外婆面前，外婆连忙一把把我搂到怀里，乖乖长乖乖短地问这问那,我的心里暖和和的。

那次,外婆不知道从哪儿弄来了一点小麦磨的全面,给我做了两块糟面饼。外婆和两个舅舅都没舍得吃,看着我把一块饼香香地吃完。走的时候,外婆又把另一块饼揣在我怀里,叫我回家和妹妹一起吃。

以前,从外婆家回来时,外婆会叫两个舅舅中的一个送我回家。我独自一个人去了几次后,外婆放心了,就不再叫舅舅送我了。

外婆给的糟面饼,香,软,我不时地用手摸摸。后来干脆拿出来,走几步就看一眼,使劲地咽着口水。我总是想偷偷吃上一口,但是,最后总算忍住了,没舍得,还是回家给妈妈和妹妹吃吧。

刚过西小河,忽然,前面出现一只狗!一只成年的黑狗,不是很凶,但圆溜溜的绿眼珠死死地盯着我手里的饼。

我最怕狗了,杵在那儿,动也不敢动,生怕一动就会惹狗生气,冲过来咬我。

我忽然想起,掐一小块饼丢给狗,狗吃了东西不就会走了吗?

可是,狗吃了我丢给它的一小块饼,还不走,泥菩萨一样地塑在那里,眼巴巴地,一会儿望望我,一会儿望望我手里的饼,不停地伸出舌头响亮地舔着嘴唇。

我害怕了,把饼背在身后,惊恐地朝后面小心地移动着脚步。

狗叫了起来,汪汪汪,一声比一声大,我愈加害怕,想跑又不敢跑。幸亏狗的主人来了,呵斥了一声,赶跑了狗。

我把饼攥得紧紧的,小心地朝家走去。经过一户人家的屋后时,看到一个年轻的妈妈带着两三岁的小女孩在树荫下乘凉。她们的脚下,一个柳条筐里有好几只小兔子,有白的,有灰的,都是红

我要找幸福　039

红的眼睛,挤来挤去的,好玩极了。

我知道这是我们家亲戚,我应该跟她喊二表姑,就怯怯地喊了一声。

没想到,她家的小女孩,见我手里的饼,眼睛盯着看,非要吃,哭闹得不行,口水流得像西小河的水。

二表姑和我商量,要一点。我很大气地把饼递给二表姑,蹲下来,聚精会神地看着兔子。

二表姑只是掰了一小块给了小妹妹,小妹妹马上就不哭了。

二表姑怕她会再要,把饼给我连忙催我快走。我拿着饼,还是盯着兔子看。二表姑笑笑说:"这么喜欢兔子呀?表姑送你一只吧。"她就找来一个小篮子,捉住一只放进去,盖好,递给我说:"乖孩子,拿回家去玩吧,告诉你妈,就说是二表姑送你的。"

是一只白色的小兔子,红红的眼睛,长长的耳朵!我喜出望外,连忙拎过篮子。

过了古山河桥,眼看快到家了,我一手提着篮子,一手拿着半块饼,屁颠屁颠地朝家跑去,心咚咚直跳,想象着妹妹看到小兔子时的惊喜。

忽然,麦田边的小路上又出现一只黑狗!迎头坐在我的前面,挡住了我的去路。

我吓得不轻,赶紧站着不动,嘴里大声地喊着:"妈妈!妈妈!"妈妈听到了我的声音,从家里一溜小跑赶来了。

可是,就在这时,那只黑狗忽然蹿了过来,张嘴抢走了我的饼……

我被黑狗一撞,跌倒在地,哇哇大哭起来。

篮子也倒了,小白兔望了望我,敏捷地跳出了篮子,咏溜几下就跑得没影了。

我坐在地上哭,然后就坐在妈妈怀里哭。

好久,我才停住哭。妈妈俯身擦我的泪,我却看到她的睫毛上也挂着泪花。我没看到饼,也没看到小兔子,但我看到麦田里有几棵豌豆苗,正开着紫色的小花,摇哇摇。

敬 酒

我们市文联一年一度的文艺家读书班开班了，我的老同学、河涯区文广局文艺科科长招学问作为区里带队领导，也来了。

读书班从省里请来了几位名家授课，有作家，有评论家，有摄影家，有导演。第一天晚上，我们市文联宴请省里来的名家及读书班的全体学员都参加，分管文教卫的陈副市长也参加。

陈副市长致了一番热情洋溢的祝酒词，宴会在一阵热烈的掌声中开始了。两杯门面酒一过，不用介绍，互相就开始敬酒。

这个时候，主桌上的领导和嘉宾开始轮流礼节性地到各桌敬酒。然后，大家都轮番到主桌上敬酒。我也到主桌和其他四桌敬酒，回来后，见招学问还坐着没动，就赶紧招呼他过去给领导和老师们敬酒。招学问附在我的耳边问："主桌上那个释迦牟尼佛一样的老头儿是谁？怎么这么面熟哇？"我不屑地说："艾老你都不认识呀？著名诗人、作协老主席艾一氓艾老哇！"招学问直拍脑门，连声自责："哎呀，你看我这孤陋寡闻的！原来他就是艾老师呀？失敬失敬！"连忙端起酒杯，就过去敬酒了。刚走几步，又回头来拽上我说："老同学，请你跟我一起去，帮我介绍一下吧，艾老师不认识我，我怕他觉得我冒昧无礼呢。"

艾老听了我的介绍，见招学问端着酒杯毕恭毕敬地站在自己身后，马上站起来，满面笑容地说："感谢你对我们文艺家的关心和支持！"招学问受宠若惊，双手端杯，齐眉敬艾老："艾老师，久仰大名！我读大学时候就看过您的许多作品，今天机会难得，我一定好好敬您一杯！"艾老认真听着他讲话，回过头来问我，"小戴，科长大名叫什么？"我赶紧回答说："报告艾老师，招学问。"艾老频频点头说："管文艺的领导，名字叫学问？好！文艺家碰到有学问的领导，福莫大焉！我冒昧代表河涯区文艺家，敬你一杯！"招学问说："不敢不敢，艾老师，我先干为敬！"扬起脖子一口干掉一杯酒。艾老兴致很高，一口也干了一杯，举起空杯子给招学问看。招学问一见艾老也喝了，赶紧喊服务员倒酒。服务员过来朝他杯里倒酒，倒一半，我赶紧说好了，招学问粗着嗓子说："不行不行，再倒，倒满，我要实心实意地再敬艾老师一杯！"艾老一手端杯一手拍着招学问的背，连声夸赞道："不错，年轻人就是有魄力！有激情！有热血！诗歌就是一腔澎湃的热血！是一团烈烈燃烧的火焰！就是浓缩的荷尔蒙！我看到招科长就想到了自己年轻时的样子！干！"

两杯下肚，我跟招学问回到自己的位置，我说："那边还有许多领导和省里来的老师，你也要去敬一下吧？"招学问抬头朝那桌望了望，说："领导和省里的老师我陪他喝了他也不认识我，我干吗要陪他们喝莫名其妙的酒？是不是？"我无言以对。他又说："艾老师就不一样了，他是我敬重的人，跟他喝，我愿意！来，老同学干了！"

这天，河涯区第三届胖头鱼旅游文化节圆满结束，区文广局在这次活动中承担了许多重要的活动。区文广局组织了一个小型答谢

兼庆功宴会，区委书记参加。为了感谢市文联在活动中的支持，他们邀请我们主席参加，主席没空，委派甄副主席和我一起参加。

甄主席被安排在主桌，我和招学问坐在一桌。

区里分管文化的副区长致祝酒词，然后区委岳书记讲话。岳书记的话不多，却条理清晰，逻辑天成，仿佛信手拈来，却又鬼斧神工，气场十足，讲话博得热烈的掌声。

不一会儿，进入敬酒环节。招学问附在我的耳朵边说："我们这个老大精力太过旺盛，荷尔蒙超越常人！"他下巴向主桌歪歪，"他可是个有故事的人！"我点着头附和着他，这个老大人强势，在市里也是出了名的，关于他的坊间传闻太多了，都说他出事也是早晚的事。

招学问站起来去主桌敬酒，临走时套着我耳朵说："人在江湖，身不由己，老大的酒还是要去敬的。"

他端着酒杯站在岳书记身后，礼貌地喊一声："岳书记好！我是文广局文艺科小招，书记您随意，我敬书记一杯！"岳书记正跟身边的人说着什么，只当他是回头漠然地望了他一眼，又谈笑风生起来，根本没把他放在眼里。招学问等一会儿，再凑上去轻声喊一声，这回岳书记头也没回，高谈阔论，好像他不存在一样，只当他是一团空气。

让所有人没想到的是，招学问突然大声吼道："岳书记，我敬你酒！"

整个餐厅吵吵嚷嚷的声音戛然而止，静得连尘土落地的声音也听得到。

几桌人都惊讶地朝主桌这边看，朝招学问看，就连岳书记也惊讶地拧过头朝他看。

招学问喝完杯中酒，双手端起酒杯缓缓地举到头顶，比读书班时敬艾老的高度要高出许多，然后手一松，酒杯落在地上，砰一声响。酒杯粉碎的碎片，像一团冰碴儿，旋转着，扭曲着，舒展着，慢镜头般地呈现在所有人的眼前。

招学问大踏步地走出了餐厅。

苦肉计

1. 某年某月的某一天,某地火车站候车室内

一个年老的乞丐,拄着拐杖,一脸的凄苦。他断了左胳膊,右腿也没了。一只空袖子和一只空裤筒,耷拉着。随着他的步子移动,空袖子和空裤筒便一甩一荡的,让再冷漠的人也心生怜悯。

一个老奶奶满脸同情,从手帕里裹得严严实实的一小卷钞票里拽出一张一元的票子,递给了他,用本地方言说:"给两个吧,残疾人,容易吗?"搁了会儿,又自言自语地说,"要是好好的人,一个子也甭想!"像是自言自语,又像是说给别人听。

便有人纷纷掏钱。一个解放军战士竟然掏出一张百元大钞递了过去。

到了一对哈韩情侣面前,老乞丐可怜巴巴地伸出那只独手,说:"大哥大姐,给点吧!"

染着红毛的女青年厌烦地躲着老乞丐,染着彩色毛发扎着小辫的男青年就有些不耐烦,大声说:"去你妈的!别烦老子!"

老乞丐吓得全身直哆嗦,但是,伸出的手还是没有缩回来,站在他们面前说:"给点吧!"

哈韩男青年忽然冒出无名怒火,站起身,送老乞丐一记老拳。

老乞丐被击倒在地，在地上蠕动，嘴角流出鲜红的血……

众人纷纷谴责哈韩男青年。有人掏出手机要打110。

哈韩男青年先是一脸不屑，但是哈韩女青年有些害怕了，拽着哈韩男青年就走。

于是，两个人慌不择路地逃出了候车室。

同情的候车人除了谴责青年情侣外，纷纷掏钱。

老乞丐感激不尽，收了钱，喏喏离去。

2. 火车站外僻静处

老乞丐吃力地拄着杖，颤颤巍巍地挪出了火车站，每一步都显示出艰难。

来到站外的一个小巷，这条小巷偏僻得很，鲜有人来。到一处拐弯口，他瞧准了四下无人，立即从脸上扯下面罩和假胡须，现出一张年轻的脸来。只见他右手很麻利地扒开外套，解开上衣纽扣，另一只手马上魔术般地伸了出来，双手又三下五除二地解开裤筒，伸出那只好脚。

原来，他把胳膊绑在身上，将腿向后弯起用布条扎紧，伪装成缺胳膊少腿的样子，又在脸上做了点文章，使自己显得又残又老，以博取同情。

腿被压迫时间长了，已经缺血麻木，他蹲在地上龇牙咧嘴，轻轻地揉。

忽然，先前那对哈韩情侣冒了出来。

乞丐一点不惊慌。

彩色毛发扎小辫的哈韩男青年吐掉嘴里的烟屁股，伸出手："给钱！"

"你这次打得也太重了吧！"乞丐头也不抬，气愤地说，"老子

我要找幸福　047

要不是嘴里的止咳糖浆，差点真被你打出血来了！"

红毛哈韩女青年笑得花枝乱颤，直不起腰，上气不接下气地说："不下手重一点，那些人能给咱们这么多钱吗？"

于是，两个人一起哈哈大笑。

乞丐忘了疼痛，擦着嘴角的糖浆，也跟他们一起笑了起来。

一个闲人骑车路过，摇着铃铛，他们停止了讲话。

天跟着阴了下来，小北风刮着，他们感觉到有些冷。

不一会儿，那个给百元大钞的"解放军"也鬼头鬼脑地过来了，和他们会合在一处。

红头发哈韩女青年说："晚上，咱们去万达广场吃火锅吧？"

彩色头发哈韩男青年紧了紧衣角说："我没意见。"他有点小嘚瑟。

乞丐收拾道具："好哇，晚上到万达'嗨皮'！"

"解放军"看似老谋深算地说："明天咱转移战场，去长途车站！"

3. 某年某月的第二天，某地长途汽车站候车室内

一个年老的乞丐，拄着拐杖，一脸的凄苦。他断了左胳膊，右腿也没了。一只空袖子和一只空裤筒，耷拉着。随着他的步子的移动，空袖子和空裤筒便一甩一荡的，使再冷漠的人也心生怜悯。

候车旅客中有一对哈韩情侣亲昵地坐在一起，女的染着红头发，男的染着彩色头发扎着小辫。

一个解放军战士在看书。

…………

老 桂

小桂对透视室里的"白大褂"耳语了几句后，出来对老桂说："大，你进去吧。"

老桂就步履蹒跚心情沉重地进了透视室。"白大褂"态度挺不错，脸上挂着笑，让老桂站到那台大机器前，然后，又端过一塑料杯白白的稠稠的什么东西，让老桂喝下去。老桂望了望儿子，屋里很暗，老桂看见小桂的眼镜片在闪，并且上下动了两下，像是在点头，老桂就咬着牙喝了下去。

"白大褂"说："靠紧点。"老桂就将胸脯贴近那大机器，肚子里翻江倒海地难受。老桂想起小桂上初一时，他带着小桂坐两个多小时的汽车到市里配眼镜的情景。当时配的镜子是两百度吧，三十一块五毛钱，对，三十一块五毛，老桂记得真切。戴上眼镜后，儿子高兴地直跳，说："大，我看清楚了，连对面大楼上的大钟的秒针也看得准呢！"老桂脸上笑了，心里却苦得很，这些钱加上来回路费开支，又够他苦上半年的。当时老桂怎会想到，十年后，儿子会在这样繁华的城市工作呢？现在儿子戴的眼镜不知值多少钱呢，金光闪闪的。正想着，"白大褂"说："好了，下来吧。"

小桂又和"白大褂"说了几句什么，"白大褂"连连点头，客气地把他们送了出来。

小桂说:"大,吃点饭吧,一大早到现在也没吃啥。"老桂点了点头。坐在小吃部的饭桌上,老桂说:"儿啊,有没有啥?"小桂说,没啥,只是一般炎症,吃点药就好了。

多少天来一直悬着的心一下子落到实地了,老桂肚子也不疼了,饭量就大了起来,油条吃了四根,烧饼吃了两块,还没解饿。老桂问:"刚才喝的那个啥?怪难喝的,碍不碍事呀?"小桂喝着五粮粥说:"那是钡餐,查胃子查食道都要喝,没事的。"老桂这才放心。小桂见干的没了,又要了四根油条,四块烧饼。老桂说:"中了中了,不要再拿了。"这时候,小桂已经吃完了,从桌上的纸筒里拽出一张纸边擦嘴边对老桂说:"大,你慢慢吃,吃完后你到我宿舍,我到班上去一下,下班后跟你一块弄饭吃,我明天休息,陪你到公园去转转,难得出来,在这儿多过两天。"老桂心情很好,说:"管。"又吃了两根油条,一块烧饼,实在吃不下了,就指了指桌上对小桂说:"把这些退了吧?"儿子说:"不能退了,吃不了就算了。"说完小桂站起身来去结账,又对老桂说:"回头我在门口等你。"

老桂见儿子结了账走出了小吃部的门,看看桌上的油条烧饼,又摸了摸自己的肚子,咬咬牙,把剩下的两根油条又塞进嘴里去了,然后喝掉碗里最后一口粥,润了润嗓子,这才慢慢地站起,四下望望,见没多少人吃饭,小吃部的几个人正在闲聊,老桂就把剩下的两块烧饼拿起,朝门处瞅瞅,见儿子还在那等他,就连忙把烧饼塞进了贴肉的口袋,这才迈开步子向门口走去。

屋外的街面上,车水马龙,热闹得很。他的儿子就在这热闹里等着他,而他自己感觉到胸口揣着的两块热乎乎软绵绵的烧饼才是最实在的。

渔家傲

表妹结婚，我开车带着表弟，从上海赶回泗阳参加婚礼。

到蒋坝已日近午时，表弟说，去年在电视里看到，蒋坝在搞什么百船宴，很不错，去看看吧。厨师表弟看来是职业病犯了，我想到蒋坝的洪泽湖大堤确实美，况且，就是吃过中饭再回泗阳，也赶得上，就同意了。

不识蒋坝路，边走边看风景，走着走着，一下子就到了湖边，车无法通行了。

湖边只有孤零零的两三户人家。一个老汉正在院外一小块水泥地上翻晒着泥鳅。上百条活蹦乱跳的泥鳅，在炙热的水泥地上翻转扭曲。

晒泥鳅？没见过，也没听说过。我喜欢吃泥鳅，泥鳅钻豆腐，泥鳅炖香菇，泥鳅烧五花肉，都是我喜欢的食谱。

下车，不问路，先问为何要晒泥鳅！

老汉红红的脸庞，宽松的大腰裤，对襟褂子纽扣不扣，露出黑红的胸膛，一看，就是个每天干活，并且喜欢喝两口的人。

"晒泥鳅是留着钓大虾。"老汉告诉我们说。

"泥鳅不是也可以卖吗？"

老汉说:"泥鳅不值钱,大虾五十块钱一斤批给小贩子,他们拖到上海去卖!"话语里透着些许精明。

一看时间已快到一点,肚子咕咕起了反应。

"老人家,我们想找个地方吃中饭,哪里比较近?"

他抬头望我们一眼:"很远呢,十里地!"

我们无助地朝来路望着,那边像缥缈的海市蜃楼。

老汉揽起了生意:"跟我走,到我家吃去!"

看来,老汉家在搞渔家乐呀,去就去吧,估计也不会贵到哪儿去。

跟着老汉下了大堤,堤下就是他的家。洪泽湖的水拍岸弄潮,几只湖鸭呱呱鸣叫,一条大鱼忽地跃出水面,碧绿的水草婀娜摇曳。

老伴在厨房烧饭,老汉说:"来人了,烧菜吃饭!"

老伴手扶门框伸出头来问:"想吃什么?"

"烧个鱼吧,随便什么鱼。"我说。到湖边,当然要吃鱼了,湖水煮湖鱼,原汁原味。况且,靠湖吃湖,也不会贵到哪里去吧?

"好的,就烧个鲢子吧。"老伴瘦瘦高高的,一脸的黝黑。

没个规整的餐厅,也没像样的厨房,更没有服务员,不知道这饭钱他们会怎么收?两个老人看起来淳朴,也不像会宰我们的样子。就是宰一回,也不吓人,最多收我们一百块钱吧?

摆好桌子板凳。不一会儿,四个菜端上来了。

"大妈一起来吧?"我们邀请。

"不了,你们吃吧!"大妈摆手。也许,怕账不好算吧?我们也就没再强求,和老汉坐下吃了。

"你喝酒吧?"老汉忽然想起什么,问我。

"不喝,要开车。"我摆手。

老汉说:"男人到湖边哪有不喝酒的?"冲表弟噘噘嘴,"你喝,让这个小青年开车!"

老汉到屋里拿出一瓶貌似比较高档的原装酒,啪地打开,倒在两个玻璃杯子里,示意我端一杯。我心一紧,看来这瓶酒也要算在我们头上了!平时喝二两就会醉的我,此时只好硬着头皮端过杯子。

青椒炒小虾、红烧鲢鱼、炒小藕、水芹菜炒干子,都是我爱吃的菜。估计菜一百块钱吧,酒就算二百块吧,三百块应该够了,放大点吧,总不会超过五百块吧?我刚准备示意表弟去结账,见门口有个人影闪了一下,老汉大声说:"大砍刀,进来吧!"

门外就进来一个粗壮的矮脚汉子,方头方脸,真像一把砍刀,我看着就发怵。"大砍刀"搓着手,嘿嘿地笑:"四爷,要帮忙吗?"我心里一惊,这下怕是碰着孙二娘的馒头店了,明早我和表弟就成包子馅,表妹的婚礼看来是参加不了了!

"没啥,就两个人,你四娘就能搞定!"老汉自信地说。我心里暗暗叫苦,被宰几百块钱和失去生命来说,真的是小菜一碟呀!四爷,我们身上钱都给你!车子也留给你!放我们走就行了……大热天,我的冷汗滴落在面前的桌面上。

我递个眼色给表弟,示意他瞅准机会打110报警,他个傻蛋却以为我要他去拍湖景照,便屁颠屁颠地拿着手机去拍湖景了。我心里凉了半截,连掏手机都不敢,怕引起老汉和"大砍刀"的误会。我对表弟恨由心生,都怪他要看什么百船宴,这下好,把小命都搭上了!

表弟照了一会儿湖景,回头看我有些尴尬,坐立不安的样子,就掏钱去结账。

我要找幸福　053

"怎么能收钱呢?!"老汉啪地把筷子拍在桌上。

果然不要钱!他们是要命的,我从头凉到脚后跟。

这荒天野地的湖边,搞两条人命真是分分钟的事情,原先两个老人对付我们可能有些吃力,这下来个"大砍刀"做帮手,如果菜里再下了"蒙汗药",酒里做点手脚,我们只好坐以待毙了。我的头真的好像有点晕了,眼前出现幻觉,几个公安端着枪出现在门口。

"你这不是骂人吗?请还请不到呢!"老汉和老伴争着说,一脸的不高兴。

"就是,客人就别走了!""大砍刀"一脸的讨好,连声说,"这湖边,十天半月的难得来个人,晚上到俺家再喝几盅!"

门口,不知何时,聚了三四个女人和孩子,都是黑红的脸庞,拘谨地朝这边望。这回,可不是幻觉,我悄悄地伸手掐了一下大腿。

"湖里人家吃顿饭,也就是添双筷子加个碗,收钱?湖里人做不出来!"老汉有些不屑,老伴也附和着说,"就是的。"

"大砍刀"嘿嘿地笑,手不知道朝什么地方放,女人和孩子们不再拘谨,也呵呵地笑。

清凉的湖风扑面而来,带着潮水的气息,带着鱼群的讯息,带着烟火的味道。

告别渔翁夫妇,他们叮嘱道:"以后有时间就来,保管有酒有菜!"

表弟开着车,转脸看我一眼,疑惑地问:"表哥,空调打得够低了,你脑门上怎么都是汗哪?"

"好好开你的车!"我擦着汗,问他,"下次再来的话,你还能找到这里吗?"

两个人的同学会

"我好想你"在微信上加我。

说是小学同学,女的,叫马兰花,好不容易才搞到我的微信。想半天,也没想起她这朵"马兰花"长啥模样。不过,这倒使我想起来,那时候下了课,男同学都喜欢翻纸牌、斗鸡;女同学都喜欢跳皮筋,一边跳一边唱:"小弟弟,流鼻涕,马兰花开二十一,二八二五六,二八二五七,二八二九三十一……"

为了勾起我的记忆,她又说起好几个同学的名字,有几个倒是有点印象的。

那是一个镇里的小学。那年花开月正圆的时候,父亲从部队转业,被安置在镇政府工作,我就从村小转学过去了。其实,我和他们这些小学同学相处只有一年半,是四年级到五年级上学期,后来我又随父亲转学到县城了,我印象深的同学并不是太多。记得临走的时候,有许多同学送我笔记本,在上面写了好多美好的祝福。当然了,时过境迁,这些笔记本早就没了下落。

"我好想你"把我拉进一个群,叫"三十而立",都是当时小学的同班同学。已经有三十几个同学在里面了,但都是网名,有叫"边走边唱"的,有叫"爱我中华"的,有叫"兵哥哥"的,我几乎一个也分不清。我建议群主"我好想你"让大家改回真名。没几天，大部分都改回真名了，可是，我绞尽脑汁，还是没几个有印象的。

是的，小学毕业三十年了。那时，我们都是十二三岁的孩子，还没到情窦初开的时候。

"我好想你"说，准备过几天约一帮同学去母校看看，一起聚聚，也请我这个远在省城的老同学回来玩玩。

那个风景秀丽的小镇，是一个酒乡，因为有个洋河酒厂而出名。当地人会骄傲地对外地人说："俺们这地方，麻雀都可以喝二两酒！"

现在，一定变化不小吧？

我真想回去看看，找找三十年前的记忆，见一见这些老同学。

三十年不容易，也许，下一个三十年我们中的有些人就等不到了。

于是，我就答应了。

那几天，微信群里很是热闹，我竟然找到了小时候玩得最好的同学金鱼了，还有住一个机关大院的秀秀、凯子。私聊一会儿，好像又回到了那个童真的年代，很开心。

约好了时间，"我好想你"说还把当时教我们数学的张正铎老师也请来了！

这真让我意外，张老师当时对我很好，每当我考试失利时，他就会摸着我的头安慰我，让我感到温暖。"我好想你"又说："张老师已经八十二岁了，不过，身体很不错呢，我跟他说了，他还记得你呢。"

有二十几个同学说好了要参加聚会，除了那些在国外的、在边疆的、坐牢的、没联系上的。

我心里充满期待。离聚会的日子越来越近了，我着手到土特产店买了些礼物带着，主要是给张老师的，也给男同学带了些地产香烟，给女同学带了点省城出产的小零食，合起来两大包。

聚会的日子到了，一大早，我从省城开车过去，全程高速，也就不到三个小时车程。

"我好想你"说："来了就要喝酒的，不要开车来哦！"

我说："没事，要是喝多了，就在那边住上一宿，第二天再回来。"

"我好想你"说好在学校西门等我。原先西门只是学校的偏门，现在变成了正门；原先的正门——北门，因为靠着中大街，被盖成一排楼房，成了商业街。

我在西门附近马路上停好了车，兴冲冲地朝学校走去。我已经够迟了，十二点四十分，原以为他们都到得差不多了，也许就等我一个人了，心里还有些不好意思。可是，到学校门口，没见一辆车，大门紧闭，门口也冷冷清清，几只麻雀在院子里跳来跳去地觅食。

正在我疑惑地伸头伸脑朝院子里张望的时候，一个看起来有五十多岁的大妈从里面出来了，笑着问我是不是陈大纲。

我以为她是保安，赶紧解释说："我是一九八八年这里毕业的学生，今天我们班里组织一个聚会，在这里集合的，"我看了看手机，不好意思地说，"难道是我记错了时间？"

她歪过头笑了，嗔怪地说道："陈大纲，我就是'我好想你'呀！"

我尴尬至极。难怪有人说，三十年四十年的校友会，不去后

我要找幸福　057

悔，去了更后悔呢。

她告诉我说："张老师昨天被儿子接到上海去了，秀秀在苏州女儿家带外孙，来不了，金鱼临时赶去北京谈一笔生意，凯子在一个私人酒厂打工，请不下假。还有几个同学，不是这个原因就是那个原因，都来不了了。"

中午，"我好想你"在洋河酒家定一桌菜，就我们两人吃。她自己带来两瓶"洋河梦三"，我坚决阻止她，请她不要开了。我撒谎说我下午要赶回去，晚上单位还有一个活动，我一定要参加的。

晚上，我坐在省城家里饭桌上。

开了一天的车，有些疲劳，我让老婆炒两个菜，一个人端起酒杯，喝了半瓶酒。

老同学

同学从南京来,天黑时敲响了我的门,开门见了面,我们都挺激动。

"特意来看看你。"同学说。

同学还带了些点心什么的,说是给孩子的。妻子一边接下一边说:"何必呢,你看你,这是何必呢……"

我很高兴。同学现在在省里混得不错,能到我这儿看看我,真让我有点受宠若惊。

喝酒。喝喝喝,喝了很多,脸红脖子粗。

谈了许多以前在学校里的事,有趣的事。

一阵阵开心的笑。

让妻子带孩子到她父母那过一夜,今晚我要和同学挤一张床,打算说个通宵。

"洗脚?不洗不洗不洗!还是在学校时的老习惯。"同学说。同学向床走去时有点晃,我忙扶了他一把。

但同学的脚却没有在学校时的臭。

"真是感谢你能专门来看我。"我说。

也是凑巧,同学倒进席梦思,嘴里有点含混不清了:"在南

京上错车了，车开了才知道是到淮阴，不是到涟水的。到淮阴，天黑了，也没车去涟水，只好明天，走。顺便，也只好，看看，你……"

呼噜呼噜呼噜，同学就睡着了。

流浪狗的叫声

小区里来了一只宠物犬，这引起了我的注意。

不过，这是一只流浪的宠物犬。身上那白颜色的毛发早已经失去了光泽，灰蒙蒙的，一缕缕地结成饼状，显然是好久没人为它洗澡了。是被主人抛弃的呢？还是自己和主人走散的？或者是从狗贩子那儿逃脱出来的呢？无从可知。它不像其他的宠物犬那样，有主人宠着，护着，抱在怀里，穿着背心，扎着小辫，还起着名字，毛毛哇、咪咪呀、逗逗哇什么的，人模狗样地跟着主人，在小区里散步。它蹲在那儿，望着有人宠着的同类，眼巴巴的。它的同类对它很不客气，冲它趾高气扬地叫，颇有厌恶之态。主人见状，便哈哈大笑，然后，冲那流浪狗狠狠地吐一口痰。

我因为小时候被狗咬过，所以，对狗就不喜欢，对宠物犬也一样。

有一天，我们一家三口晚饭后在小区内散步，听到后面有个女的说："前面的叔叔阿姨和小哥哥，请让一下，给我们家逗逗走！"我们赶紧闪到路边，让后面的人走。没想到，走过去的却是一个中年妇女和她手里牵着的一条京巴狗！弄得我们心里吃了苍蝇一样难受：我们怎么变成了狗叔叔狗阿姨和狗哥哥了？"这个狗日的！"我

我要找幸福

不禁骂了一句粗话。所以,对狗就更没有什么好感了。

我第一次见到这只狗时,是一天傍晚。它夹着尾巴,贴墙根小心翼翼地走着。它一边走一边警惕地前后左右望。有小孩发现了它,抄起一截小树枝砸了过去,流浪狗吓得撒腿就跑了。

有次晨练时,发现它在垃圾房那儿啃着什么。见有人来,它哧溜一声跑开了,躲到远处,心有不甘地一会儿朝我这里望望,一会儿朝垃圾房望望。我走近一看,原来垃圾房边上有人扔了一包鱼骨头之类的食物。我跺了几脚,那流浪狗眼看没指望了,夹着尾巴跑了。

流浪狗常到小区来,已经引起了小区人的注意。这条脏兮兮的流浪狗,不仅影响小区的形象,而且人们怕它咬着孩子和老人,得了狂犬病可了不得!有人想打跑它,既怕它咬又嫌它脏,于是,就到物业去提意见。提意见人多了,物业就重视了,派保安去逮流浪狗。哪知道这个狗东西精得很,一发觉苗头不对,马上就撒开腿跑了。

这样一赶,多少还是起到一点作用的,至少流浪狗白天不敢再来了。

有次我晚上加班,到十二点才回来。下了出租车,就见那狗东西又出现了,鬼鬼祟祟地躲在墙角吃着什么东西,见我过来,一溜烟,又跑得无影无踪了。

后来,有天晚上在外面吃了饭回来,又看到了它。我因为多喝了点酒,就大着胆子跺着脚去追它,可刚追几步,它就逃得没有影子了。

这天夜里,因为晚上喝了不少酒的缘故,我的睡眠不好。到下半夜,忽听楼下有激烈的犬吠,跟着就是一声闷响,好像有什么东西从楼上摔了下去！那狗叫得更凶猛了。我赶紧起身打开窗子，往外望。借着路灯的光线，见楼下有两个人，还有那条流浪狗。一个人慌里慌张地四下张望，另外一个人趴在地上，嘴里不停地哼哼着。那流浪狗一面狂吠，一面试图冲上去咬那两个人。

这是我第一次听到这只流浪狗的叫声。

我一下子明白了怎么回事，赶紧大喊："抓贼呀！有小偷！"同时拨打110电话报警。

那两个人急了，没跌倒的那个人更是气急败坏，狠狠地向流浪狗扔了个什么东西。流浪狗嗷嗷地叫两声，便不再叫了。狗的叫声和我的大喊声惊动了小区所有的人，刹那间，前后楼的窗户里的灯光一个个都亮了起来。两个贼，跌在地上的跑不了了，另一个也顾不了他了，撒腿跑了。

大家追到楼下，把那个跌在地上的贼团团围住。我上去揪住了他的衣领。这个时候，警察也赶到了，把那个跌伤了腿的小偷押上了警车，带回派出所了。

我忽然想到了流浪狗，在路边找到了它。它倒在血泊之中，已经被那个可恶的贼甩刀给拦腰劈死了！一把沾满血痕的大砍刀，明晃晃地躺在它身旁的地上。

我的心里忽然就有一阵难言的酸楚。

第二天，我起了个大早，下了楼，拿口袋把流浪狗装起来，用自行车背到郊外，挖一个坑，把它埋了。

没想到，那两个贼是流窜几个省的惯偷，而且，身上还带着血案。公安部门把我树成了典型，又是上报纸又是上电视，还拿了一千元的见义勇为奖金，我很是风光了一阵子。可是，每次风光回来，我就会情不自禁地想起那只流浪狗。

我要找幸福　063

第二年夏天，我去郊外踏青的时候，就见我当初埋流浪狗的地方长满了草。走近一看，原来都是狗尾巴草。一株株毛茸茸的狗尾巴草，摇摆在风中，像是一群活泼可爱的小狗在嬉戏呢。

逗 猴

这天早上,老张的老伴去闺女家了,他一个人在家没什么事,无聊得很。他想起以前带小外孙子去动物园猴山逗猴的事,笑了起来,就决定再去猴山玩玩。

到底不是星期天,动物园也没什么人。动物们显得很清闲,骆驼和马在倒嚼,老虎狮子在打瞌睡,八哥鹦鹉在谈情说爱。老张对这些都没兴趣,一门心思直奔猴山而去。

不一会儿,老张就来到了猴山。

动物园里的猴山往往是最热闹的地方,今天难得游人较少,它们也清闲清闲,有的在晒太阳,有的在互相逮虱子。老张一看到猴子,马上来了兴致,决定逗逗这些懒猴。他从地上捡起几个花生,扔进铁栏杆里。但猴子们却不予理睬。老张又从口袋里摸出一只事先准备好的红艳艳的苹果,朝笼子里的一只小猴晃了晃,然后扔进笼里。没想到,小猴对红艳艳的苹果依然不为所动。

老张一时没了主意,想了半天,不如用形体语言来试试。老张就在地上又蹦又跳,还是没有效果。老张又挤眉弄眼,做鬼脸,还是不行。

他又忽发奇想,决定把在家逗小外孙玩的绝招使出来。他在家

和小外孙子玩时，最后一招就是扒眼皮，他把上下眼皮使劲往外扒，这样，眼睛被弄得很恐怖，小外孙子常常被吓得哇哇大叫，然后他再低三下四地哄，给外孙当马骑。但是，他忘了铁笼上贴着的"顽猴凶猛，请勿靠近"的警示语，看看四下无人，翻过第一道铁栅栏，使劲地向笼子里探进身子，做起鬼脸来。没想到，他的这套动作还没做完，就有几个健壮的大猴冲过来，"手"伸过第二道铁栏杆，叭叭就打了老张几个耳光。老张一骇，赶紧退后几步，一摸脸上，已经被打出血了。

老张不由得生起气来，找来动物园的管理员，质问猴子为什么打他。管理员先对他违反园区规定的行为进行了严肃批评，见他脸上有血，又不由得关切起来，问他怎么回事。老张如实相告。管理员笑了起来。老张问他笑什么？管理员说："跟猴子乐，什么招都可以使，唯独不能扒眼皮。"老张问为什么，管理员说："你扒眼皮，在人的眼里是开玩笑的意思，而在猴的眼里，就是骂它们'傻蛋'的意思。"老张听管理员这么一解释，自己也笑起来，忘了疼，不好意思地说："原来如此。"

管理员走后，老张决定报复一下这些猴。他听说猴子模仿能力较强，便找来两块砖，一块扔进笼子里，一块自己留着顶在头上。果然，有一个猴子也举起那块砖，顶在头顶，眼睛看着老张。老张暗暗高兴，心想，这小猴崽子终于中计了！他把砖举起，假装朝头上使劲地砸。但是，那猴却不砸，只是拿眼睛望着老张。老张以为是猴没有看见他的动作，又使劲做了一个假动作，没想到动作过猛，老张一下子把自己砸晕了，倒在地上。

老张醒来时，看到猴笼旁边聚了那么多的猴子，一动不动地在观察老张的动静。看到老张醒来了，所有的猴子都一起冲老张扒眼皮，龇牙咧嘴，有的甚至还刮自己的鼻子。

老张一想，自己这下出尽了洋相，真的成"傻蛋"了，赶紧爬起来，灰溜溜地走了。他一边走一边想：今天不知道是自己逗猴呢，还是猴子在逗自己？

白　玉

　　许三爹要走了。临终时儿女们都聚在他身边。许三爹想说什么，可是他嗫嚅着好一阵子也没说出半个字来。大儿子凑到他身边，含着泪问："爹，您是说屋后的那棵白果树不能动，是吗？"许三爹眼皮耷拉了一下，合上了眼。

　　这一天，是农历三月十八。

　　许三爹常常驾一叶小舟，穿行在古山河里。他驯养的六只鱼鹰尖锐的爪子牢牢地扒在小舟的船板上，眼睛苍鹰一样巡视着河面。

　　这天，许三爹蹲在船头不停地拿竹竿有节奏地敲击着船帮，嘴里吁吁有声，鱼鹰们争先恐后地在水里钻上钻下，不时地游到船边向主人邀功。许三爹就用网兜把它们抄上船来，把鱼鹰嗉子里的小鱼挤出来后，再拿一条小些的鱼塞进鱼鹰的嘴里，作为奖赏。又把嗉子底的扎绳扎了扎紧，鱼鹰嘎嘎叫几声，扑棱着翅膀，又下河去了。

　　鱼鹰在水里逮鱼是经过训练的，它嗉子尾端被扎起，在水下碰上小鱼就一口吞进嘴里，待到嗉子装不下了，再到主人那里吐出来。如遇上大鱼，就在水底展开大战，一般先是啄瞎大鱼的眼，直至啄死大鱼，使鱼漂出水面后，才算大功告成呢。

今天的收获不算小,可是许三爹的脸上却没见多少笑意,而是皱紧眉头。因为,他最喜欢的那只鱼鹰今天没什么成绩,明显在偷懒。那只鱼鹰脖子上有一小撮白毛,抢眼得很,许三爹唤它作"白玉"。

每回白玉都是干活最欢的,今天有点反常。露出水面行色匆匆地换口气又钻进水里,可是,半天也没见有大鱼漂上来,许三爹对白玉有些不满意。

天色将晚,许三爹准备收拾收拾回家了。他轻唤几声,敲了几下船帮,五只鱼鹰都陆续上船,双爪牢牢地扒在船帮上,梳理着各自的羽毛。许三爹向河面四下望望,不见白玉,愈加气恼,心里想要好好教训它一下,不然,别的鱼鹰会跟着它学呢。偷懒的鱼鹰要及时淘汰掉,不然,它会影响其他同伴,也就会影响集体的战斗力。

白玉终于露出水面了,许三爹吁吁地打着口哨,唤它回来。白玉冲他叫两声,就是不过来,反而向远处游去,而且又钻进水里去了。这回,许三爹真的气了,把小船划了过去,眼睛睁得大大的,盯着水面。好半天,白玉才从船后钻了出来。许三爹一竿打过去,正打中白玉的头。白玉扑棱两下翅膀不动了。许三爹嘴里骂道:"畜生,欠你什么债了吗,看不杀了你!"说着伸过网兜把白玉抄了上来,还没及细看,船的前方呼啦一声响,漂上一个白白的东西来。五只鱼鹰惊恐地叫着,齐齐向那白东西望去。

许三爹忽地想到了什么,忙跳下水去,把还在挣扎的这条黄鲟给掐住,费好大劲才把它弄上船。夕阳的余晖里,许三爹看见黄鲟还在痛苦地扭动着矫健的身躯,看样子,约莫二十斤重,双眼已经瞎了,洇出青红相间的血来。再细看,黄鲟的脑门上,有一个刚被

啄出的洞，一股黑黑的液体正往外冒。

许三爹浑身打了个冷战，脑袋像要炸了一样，猛然转过身，看脚下网兜里的白玉。白玉浑身抽搐着，一只翅膀已被黄鲣咬断，左爪齐爪根也整个被咬掉了。

他忙蹲下身，用颤抖的手摸着白玉泛着绿油油光芒的羽毛，泪，涌了出来……

白玉最后抽搐了一下，咽了气。

这一日，是农历三月十八。

第二天，许三爹把那五只鱼鹰送给了许大，从此不再驯养鱼鹰了。他在屋后挖了一个深深的坑，用芦席包了白玉，将它埋了起来。

开春的时候，许三爹买来一棵嫁接过的白果树苗，栽在那儿。

白果树长得茂盛呢。

有风有雨的夜晚，许三爹蹲在树下，抽烟。

火星一闪一闪的，像有白玉嘎嘎的叫唤声传来。许三爹眼睛就一热……

儿子呜咽着说："这回，爹去找他的白玉去了。"

杀 狗

大黄狗安静地卧着，整个村庄也很安静。

母亲把我放在外婆家门前的大柳树下，对正坐在树根上捻线的外婆说："孩子就搁你这儿了，我家里最近还有些事。"外婆把线捻得滴溜溜直转，头也没抬，说："中。"

这一年我三岁。

1969年的夏天，蝉不知有多少只，在大柳树上拼了命似的聒噪。

外婆坐在树下捻她的线，一团棉花慢慢变瘦。线砣像一个怀了身孕的白女人，肚子慢慢地变大。

外婆家有只煤炉，炉上挂着一只水吊子。

七月流火。外婆的煤炉便是火心，全世界的流火都是它发出来的。水吊子正冒着白汽，幽婉地升腾。我移过步去，找一根小树枝去搅那白汽。除了蝉鸣，周围死一般的静，大黄狗贴在地面上，舌头伸出来，哈哧哈哧地喘着粗气。啪嗒——啪嗒，水吊的盖儿开始被里面水汽顶开了。热的气浪顶得它跳起了舞，是一种节奏感挺强的打击乐。我知道是水开了。

我挪到外婆跟前，对她说："水、水、开、开了……"并着急地用胖嘟嘟的小手指了指水吊子。

外婆不吱声。她背对着煤炉子，捻线捻得很认真。我看到那个大肚子白女人肚子又大了一些。

啪嗒——啪嗒，水吊子的盖子还在那儿舞。我急了，拽外婆的衣襟："水、响……"这种有韵律的响声是有生命的。后来我念书念到初中时学到一种叫隐喻的修辞方法时，不知为何，三岁时遇到水吊子被水汽催开时啪嗒啪嗒直跳的场景一下子跳到了我的眼前。

外婆没有抬头，也没有说话，自顾自地捻线。

过了会儿，她望了一眼那煤炉子。而此时在太阳底下泛着白花花光芒的棉花似的炉子和水吊子都刺眼得很。外婆揉了揉眼，她的眼可能被水吊子反射的强光刺到了。

啪嗒——水吊子里的水在小炉子的作用下不断蒸发，发出的汽越来越少了，打击乐已不再铿锵，散淡的白气已越来越稀了，火势弱了下去。我望着那只水吊子发呆，当我在大柳树根下发现了一只大柄扫帚时就兴奋起来。我挪过去，准备用扫帚把那个煤炉子给捣翻，看它倒掉时是什么样子。

忽然，大黄狗又瞪眼又咧嘴，我吓得赶紧扔下扫帚，跑向外婆。抬起头，但我发现大黄狗并不是针对我的。

这个时候，从屋后走过来两个人，我认识其中一个是我舅，另一个却认不得，大黄狗的反应就是冲着那个人的，因为那个人身上有一股浓浓的血腥味。

大黄狗一边向后退，一边狂吠。但我发现它是胆怯的，因为它尾巴没有高高翘起，而是灰溜溜地夹在裆部。它退到炉子那儿时，煤炉子一下子被它碰翻了，啊——

那情景真精彩，一下子狗倒炉翻，水吊子翻了几个身，骨碌，摔出好远。大黄狗的后爪子一下子插进了翻倒的炉膛里去了，被烫得啊啊怪叫。

这个场面给三岁的我留下了深刻的印象。我四周望了一下，见外婆还在捻她的线。

这线要捻到什么时候呢？

舅舅带来的人朝大黄狗笑了笑。大黄狗把头夹在腿裆里，尿屎齐下。

那时候，据说有一条疯狗咬了人后，那个被咬的人见人就咬，没几天就死了三个人。

整个县开展了一次打狗运动。

没有了狗的村庄，多么安静啊。可是，却怎么感觉不像个村庄呢？

牛　事

木点的爹爹（本文的"木点爹"及"木点的爹爹"指的是木点的祖父）住在村子东头，房子紧靠着古山河。

他的老伴早年去世，儿子闺女们都进城去了，只一个二儿子隔河住在对岸。大儿子把他接到城里去过了一阵，孩子们整日上班的上班，上学的上学，连个说话的人也没有。出门遛遛门子吧，却见邻居都板着个脸，互相不啰唆。过不了半月，木点爹就回来了。老家多好，自由自在，无拘无束，就连空气也比城里要清新得多。

回来时，儿子对他说："回家后，啥事也别做了，每天转转玩玩，我每个月寄些钱给你，就行了。"

"中。"木点爹应着。

可是，回来后，他还是闲不住。原先身板好的时候，还可以挑着个担子走街串巷地卖些针头线脑什么的，如今是不行了。地里耕种些五谷杂粮和菜蔬什么的，收些个，到秋天送点给孩子们尝尝。家里买来一头牛犊，又从别人家抱来两条狗。牛是黄牛，浑身的毛金黄发亮，身上的肌腱一块块地隆着，壮着呢！两条狗，一条是黄的，大些，木点爹就叫它大黄。另一条是黑底白花的，木点爹就叫它小花。有这一牛两狗相伴，木点爹就不觉得日子过得慢了。每日铡了草喂牛，倒些剩饭剩菜喂狗。然后，他蹲在屋檐下，上一烟袋锅旱烟，点了火，慢慢地吸。看着牛和狗欢快地吃食，心里滋润着呢。烟抽完了，木点爹就走过去摸摸牛，把牛身上的杂草树叶什么的细心地拣去。然后，找来树枝，轻轻地给牛挠痒痒。挠到哪儿，牛就把哪儿的肌肉抖动几下，回过头深情地望他一眼，算是对他的回应吧。大黄和小花吃完了食，大黄坐在门前看门，小花在木点爹身边蹭来蹭去，尾巴不停地摇着。

天，渐渐就上起了黑影。

这天夜里，木点爹听到外面两条狗激烈地叫着，知道有动静，赶紧披衣起床，手里抄着扁担，开了门。就见小花在牛栏边拼命地吠着，而大黄则冲着门前的小路狂叫。一见木点爹出来了，两条狗叫得更凶猛了，似乎在告诉他刚才有人来过，而且朝着那个方向跑了。木点爹眯起眼，向前方望了半天，也没看见个人影，回头见牛还在牛栏里倒嚼，就过去拍了拍牛头，放心地回屋睡下了。

可刚睡下不到半袋烟工夫，两条狗又狂吠起来，并且还用身子撞门，用爪子抓门，门板被抓得嘎吱嘎吱响。木点爹赶紧又披衣起床，手里抄起扁担，出了门。奇怪，外面又没了动静，牛依然在牛栏里倒嚼。木点爹气了，喝道："畜生，叫，叫你妈个头！再叫就剁了你的狗头！"见木点爹生气了，两条狗哼哼唧唧地躲到后面去了，但尾巴还不停地摇着，好像委屈得很。

木点爹把牛栏的柴笆门带了带紧，又回屋去睡下了。他刚躺下，两条狗又狂吠起来。这回，木点爹不再理它们了。可两条狗没完没了地叫，又让他心烦。忍了多时，实在受不了了，浑身像有无数火苗在蹿。他又起床，抄起扁担，把门一下子打开，见小花在门口狂吠着，上去就是一扁担，打在小花的后胯上。小花嗷嗷直叫，

拖着腿躲到一边去了。而大黄见木点爹气极了，也赶紧躲到一边，不敢再叫了。

木点爹骂道："明早就把你们这两个畜生给剁了！"

夜里再没有动静了，只是偶尔听到小花哼唧哼唧地呻吟。木点爹这才睡了个好觉。

早上醒来时，天已大亮。本来，木点爹每日起得很早的，这夜被折腾了几次，觉睡得不踏实，就起迟了。到底是岁数大了，经不起折腾，头有点晕乎乎的，嗓子也有点发痒。

木点爹打开门，就见小花在门口的窝里哼唧哼唧，见他出来了，瞪着一双惊恐的眼睛，瑟瑟发抖，朝窝里面躲着，尾巴不停地摇着，摇得狗窝里的草沙沙直响。木点爹瞪了它一眼，来到牛栏，他大惊：牛栏里四面空空，牛没了！他惊慌起来，四处张望着，更加着慌：不仅牛没了，连大黄也没了！他蹲在地上发呆。

正懊恼间，见大黄从远处的小路上跑了来。近了，只见它身上满是露水，湿漉漉的，显得很疲惫。它上前用嘴咬住木点爹的裤脚，向后面使劲地扯着，然后又回头向身后的小路方向汪汪地叫。

木点爹明白了，他跑到不远处的老二家，喊起了两个侄儿，分骑两辆自行车跟着大黄向村外追去。

大黄箭一样地向前面射去，不时回过头来望望他们三人，像是在催促他们快点骑。到了二十里地外的胡庄，惊起一庄的狗吠。

然后，就到了一户人家大门前。大黄冲着那大门狂吠起来，爪子在地上来回扒着，把地上扒得道道泥痕。

两个侄儿从门缝往里瞧，只见院子里热气腾腾，木点爹的那头黄牛已被绑在架子上，牛的面前是一锅滚开的水，锅底的柴火熊熊地烧着，有两个人手里拿着尖刀，正准备向黄牛下手呢！

两个侄儿几脚把门给踹开了,大声喊道:"住手!"大黄迅速地扑到那两人面前,浑身的毛发直竖,猛烈地吠着,像一只愤怒的小豹子!

两人手中的刀掉地上了。

木点爹抚摸着黄牛的头,泪水涟涟。

黄牛望着木点爹,也是泪水涟涟,扭过头来在木点爹身上来回摩挲。

两个贼被派出所带走了。

去掉了枷锁,黄牛扭过头看向木点爹,眼里汪着泪。木点爹上去搂住黄牛的头。黄牛扑通一声,双膝跪了下来。

原来,这两个偷牛贼早就瞄上木点爹的这头牛了,只是苦于他的两条狗太厉害,一直没下手。后来,眼看到年根了,再不动手就迟了。于是,昨天夜里他们便摸到木点爹家。他们先到牛栏处,等狗把木点爹惊醒后,就躲起来。木点爹进屋了,他们再撩狗叫。这样,几次三番地折腾,木点爹终于对狗失去了信任,并且把小花打伤了,大黄也不敢叫了。他们这才下手顺顺当当地把牛牵走。但是,他们没想到,大黄会暗暗地跟踪他们二十里!

木点爹打个电话给在城里的孙子木点。木点就笑笑说:"有这么有趣的事?"

以后的日子,木点爹铡了草喂牛,然后用剩饭剩菜喂狗。看着牛和狗欢快地吃食,他心里舒坦得很。他点着旱烟,手里拿着报纸,眯着眼看,嘴里叽里咕噜地念着。这张报纸几乎被他翻烂了,上面写着他的牛、他的狗和他的故事,作者是他的孙子木点。

哺乳期的狗

狗在小区里生活不是一天两天了，恋爱，生子，坏就坏在生子上。

它住在小区西南角的配电房门洞里。配电房门前有几棵高高的雪松，周围还有密密的绿篱，长年累月没人进出。对于它来说，倒是个挺不错的窝，相当于一套豪华别墅。

虽然是无主的狗，然而在小区内，它是饿不死的。垃圾箱旁边的剩饭剩菜，就够它一日三餐无忧了。

有一次，有个小偷光顾小区，是夜间。

那天夜里，住在107的张大爷起夜，刚走到卫生间门口，就听到几声狗叫，叫声有些急促，带着少有的愤怒。他有些奇怪，这狗一般不会在夜间叫唤的，不过他也没在意，听到就听到了，他照样去卫生间。可是，没想到的是，他刚准备小便，就听到外面扑通一声响。他吓了一跳，赶紧跑到窗口朝外看。就着路灯，见外面草坪上躺着一个人，在那里哎哟哎哟地呻吟着。张大爷的尿意被生生地吓了回去，赶紧叫了老伴一起出去看看。他们看到地上那人蜷在那儿，旁边流了一摊血。老两口一阵纳闷，这是谁呀，这么想不开要跳楼？老伴颤抖着拨了120。张大爷再一看，这个人旁边的地上，钳子、起子等工具撒落了一地，又抬头朝上望望，见常年没人住的四楼阳台原先关着的窗户开着，他立刻明白这事归警察管了，就赶紧喊人抓小偷，又伸手从老伴手里夺过手机，打了110。

原来，这个小偷先偷了四楼，准备顺便光顾一下三楼，顺着窗户边儿的煤气管道往下溜，被这条狗发现了，狗冲着小偷突然一阵狂叫。小偷没有心理准备，一紧张，失手掉了下来。

也许小偷要纳闷了：这么晚了，宠物狗不待在屋里，怎么会跑到外面了？当然，他纳闷也白搭了。

直到110和120一起把小偷带走了，居民们才发现，这只狗还坐在不远处，神情专注地朝这边望着。大家对这只狗都有了些好感，啧啧称奇。有的说："以前还没注意这只狗呢！"有的说："这只狗比保安还要管用呢。"有人就附和着说："对呀，明天你去汇通市场买一套保安服给它穿上，也让它狗模人样一回！"

当然，感受最深的还是张大爷老两口了。这对空巢老人的唯一儿子在美国工作，他们的生活单调得很，原先老两口也没怎么注意这只狗，现在，从心里喜欢上这只狗了，经常送点剩菜剩饭过去。狗也是讲感情的，见了张大爷老两口，老远地，就会把尾巴摇得扇扇子一样。

那么，狗是什么时候来到小区的，倒是没有人注意过。

这只狗是只黄狗，背上有一块白颜色的斑纹，四条腿也是白色的，看起来有踏雪寻梅的中国画的感觉。

起先，人们不知道这只狗是"他"，还是"她"。

后来，就发现有几只身材高大的狗来找它，看着它们亲密的样子，这只狗又有点小鸟依人的感觉，才知道它是"她"。呵，它在恋爱了。

我要找幸福　　079

这年冬天奇冷,小区里许多南方绿化树都被冻死了。

五楼的大朱是个醉鬼,三天两头醉醺醺回来,经常是手扶楼梯,东倒西歪地朝上爬,从一楼到五楼,要半个多小时。这一天,大朱又在外面喝了酒,歪歪扭扭地就回来了,到了楼梯口,和送他回来的人摆着手说:"我没事,到家了,你回吧!"那人望着他进了楼梯口,这才转身走了。没想到大朱又出了楼梯口,顺着墙转到西山头。大概他是想小便,一只手扶着墙站在那里,一只手在裤裆的位置掏。可是,半天也没掏出个家伙,忽然,身子一歪,人就倒下去了,蜷缩成一团。

狗出来找食,早就看见大朱了,远远地望着他。说心里话,狗是有点讨厌大朱的,因为大朱每次看到它,都会跺着脚呵斥它、驱赶它。狗望着大朱倒下来了,半天没有动静,知道坏事了,这样不到明早他就会被冻死的!大朱就会变成"死猪"。它转过身,迟疑一会儿,还是开始叫了,先是小声地叫,见没有反应,就开始狂吠起来。张大爷被吵醒了,还有个路人也注意到它了。他们先注意到狗,然后才注意到大朱的。狗这才悄悄地离开,鼻子在地上嗅着,找食去了。

狗的恋爱有了结果,生了一窝小狗崽儿。有人从楼上看到一窝小狗崽儿挤挤挨挨在吃奶,狗妈妈幸福地伸出舌头舔着它们。

有一个拾荒老头儿,路过配电房,想捡拾那里的几个纸箱子和纯净水瓶。它以为他会伤害到自己的宝宝,忽然蹿出来冲着老头儿凶凶地叫了几声。老头儿吓得不轻,一下跌倒在地,然后连滚带爬地逃跑了。

老头儿观察了两天后,在母狗出去找食时,用蛇皮袋装了一窝小狗,出了小区。

狗回来不见了宝宝，焦急万分，一会儿抬头四处张望，一会儿低头在地上来来回回使劲地嗅着。冷静下来后，它嗅着味，竟然追上了老头儿。

西安北路上车水马龙，人来人往。

远远地，它看到老头儿来到废黄河桥上，一扬手，把蛇皮袋扔下了河！

它急了，冲上去就撞了老头儿一下，对着他的腿狠咬一口。

然后，它掉转头，像一匹狼一样，一路狂吠，冲向河中。

你见过一条小黄狗吗？

今年，市文联安排的文艺家采风活动是赴安徽金寨和泾县，分成三批，我是第一批。

在泾县，我们住在桃花潭畔的诗画山水酒店，这个酒店因为其附近有一座汪伦墓和一间汪伦祠而有名，住下来后，我们这些来自周总理家乡的文艺家，都是要去拜谒拜谒的。我有点累，没一起去，在房间看了会儿桌上的《诗刊》，一本十年前的旧刊。不一会儿，几个去看汪伦墓的人回来了，我问他们怎么走，有个书法家笑着说："一直朝前走，不要向两边看，酒店安排了导游在路口等你呢！"其他人哈哈大笑起来。诗人土土没笑，思考了一下对我说："去吧，有位佳人，在路口等你大约有一千二百七十三年了！"

我知道他们都是开玩笑的主儿，不予理会，径自走了。

这个时候已经快到黄昏了，夕阳在西天从云层里露出光来，斑驳陆离地洒在路上，融在路边墨玉一般的桃花潭里。

过小桥，有一个岔路，岔路口坐着（对于狗的这个姿势，我一直不知道该用"坐"，还是用"蹲"）一只小黄狗，是一只土狗，不是太大。它朝我望着，目光安详沉静，似乎有所期待。我小时候养过狗，而且对狗有莫名的吸引力，一般路上遇到遛狗的，狗都会向我摇尾巴，过来闻闻我的裤脚，表达对我的亲近。

这只狗也对我摇了摇尾巴，转过头，向绿树掩映的小山望了望，站起身，好像等着带我上山。难道它就是他们说的带路"佳人"？我莞尔而笑，不好拒绝，上前摸了摸它的头，跟它沿着蜿蜒的林间小道，向山顶上摸去。一路上，它走走停停，不时回头望望我，是怕我跟不上它吧。大约十几分钟，它停了下来，坐在路边，望我，又转头朝前方望了望，好像告诉我，到了。真的到了，我抬头一看，前面有一个栅栏围住的大墓，旁边立着碑，汪伦墓！我围着汪伦墓仔细看了会儿，拍了几张照片，发到朋友圈，以示到此一游过了。回头一看，"佳人"早已站了起来，示意我往上走。我会意，上面应该还有不可不去的景致。往上走了一小截石梯小径，左手是几间古建筑，近前一看，是汪伦祠，文物保护单位，有碑文介绍。呵呵，汪伦兄，要不是李白的"桃花潭水深千尺，不及汪伦送我情"，一千多年了，谁会记住你呢？看来，你也是不甘寂寞呀，还专门训练一只狗带人上山看望你。

在我们离开酒店奔赴下一站的时候，"佳人"坐在酒店门前的乡间公路上，眼巴巴地望着我们，弄得我心里怪不好受的。

采风回来，我牵挂起"佳人"来。想起桃花潭，我会想起李白，也会想起汪伦，但是，我更会想起和我有过亲密接触的"佳人"。

我问第二批采风团的女画家茉莉："看到那只小黄狗没有？"她说："见过呀，那是一条有趣的狗狗，带我们上山看汪伦墓，引我们去餐厅就餐，陪我们到岛上散步，萌得很哪。更有趣的是，它和我们在一起的时候，有别的狗狗想过来和我们亲近，它马上就竖起脊背的毛，嘴里发出警告的声音，好像吃醋一样！走的时候，我们

我要找幸福　　083

团里有个人还想把它带走呢！"

带回来？我胡思乱想起来。

第三批文艺家采风团里面也有我熟悉的人，民间文艺家协会的墨兮先生。我问他："见过一条黄狗没有？"他说："见过，是一条很通人性的小狗，有文艺范，我们第三批采风团全团人都喜欢它。"我说："和酒店老板说说，带回来吧，我来养着它。"墨兮说："它是属于桃花潭的，属于李白和汪伦的，谁也带不走。"

墨兮回来后，我约几个人聚聚，有墨兮、土土、茉莉等。三杯两盏淡酒下肚，话题引到"佳人"身上。大家谈得甚欢，只有墨兮沉默不语。等我们笑够了，墨兮说："我给你们看两张照片吧。"墨兮拨弄着手机，我们伸过头去看，一张是我们都熟悉的酒店门前的那条路，一辆三轮停在路中间，几个人围在边上，显然是发生了交通事故。另一张是三轮后面不远的路上，一只倒在血泊中的血肉模糊的狗，看起来是那只小黄狗！我伸过头仔细看，确定是我们都熟悉的"佳人"！

"那天临走的时候，小黄狗蹲在路边为我们送行，我站在路边抽烟，"墨兮说，"一辆三轮车路过，方向盘突然失灵，向我这边冲过来，可是我并没有注意到。关键时刻，小黄狗向我冲了过来，我本能地向一旁躲闪，三轮车从我旁边蹿了出去……而小黄狗，却……"

墨兮流下了眼泪。

土土，茉莉，我，和其他几个人都觉得这酒索然无味。

酒散，我一个人走着回家。今晚有月，我举头望了望明月，低头想了想李白和汪伦，心里更想的是"佳人"。

带儿子一起去钓鱼

韦歌喜欢钓鱼。以前是开着摩托车跑几十里路去野钓。有时候钓到十几斤，有时候钓个两三条。钓到十几斤的时候，他会送我们七八条。别说，那鱼吃起来味儿就是不一样，肉质细腻爽滑，鲜里头带着泥土和青草的味道。

后来，有人请他去鱼塘钓鱼。

不过，那种所谓的钓鱼，其实就是喝酒。有一次，他带几个朋友到地头，请客人一看时间不早了，已经快十点了，就直接把他们带到饭店攒起了蛋，然后开喝。饭后，请客人把早就准备好的几塑料袋市场买来的鱼送给他们，一个个满载而归。

韦歌的单位是个重要的民生单位，能给别人提供帮助。他的同学大张的亲戚范老师，要评职称，计算机考了五次也没过关。范老师带着一篓鸭蛋和两只野鸭，找到在市里工作的亲戚大张。大张找到了韦歌。韦歌问大张亲戚在哪里工作，大张说，在山阳区白马湖乡驴浪港小学做语文老师，因为评中级职称要考职称计算机，他就不是那块料。韦歌想了点办法，搬出自己在工学院计算机系做老师的夫人，请她用两个休息日，帮范老师狠狠地补习了一下计算机基础，总算让范老师通过了职称计算机考试。

范老师委托大张请韦歌去白马湖钓鱼。

那时候,白马湖里放眼望去全是渔民养殖的围网,一个个大小不等的围网相连,一眼望不到边。范老师自己家里就有三公里的围网。

钓了鱼,范老师安排韦歌他们吃饭。饭是在一条船上吃的。

这顿饭吃得爽,除了老鳖、银鱼等湖鲜,还有一些水鸟。主人眉飞色舞地介绍说:"这是鸹鸹,这是野鸭,这是大雁,这是灰天鹅……"

韦歌先是一阵踌躇不决,继而挡不住味蕾狂飙骚扰,终于放开肚皮,大快朵颐,酣畅淋漓。

范老师送客的时候说:"韦哥,您可帮我大忙了,我的中级职称终于下来了!以后,咱就当亲戚走动,欢迎您随时来玩!"

这一次,韦歌把六岁的儿子带上了,他想让儿子接触接触大自然。

这回,范老师没有让韦歌在他自家的围网里钓,而是安排一条船,开到湖心。

韦歌下饵料,打好了塘子,抽一支烟,开钓。

忽地一下子,一条青鱼被韦歌拎了上来!

儿子欢呼雀跃,一片开心在湖心,笑声铺陈在湖面,一层一层地推向远处。

中饭还是在船上。

大人们吆五喝六地在舱里喝开了,儿子在船舱外快活地跑来跑去。

不一会儿,儿子悄悄来到船舱,对韦歌耳语几句。韦歌就跟着儿子出去了。

儿子带他来到船舱后面,见一只很大的笼子里,有十几只水鸟,凄苦惊慌地来回走动,其中几只不时叫唤。

儿子问:"爸爸,你听它们说什么呀?"

在悲凉苍茫的水鸟叫声里,韦歌酒席上的高涨情绪瞬间低落下来,摇了摇头。

儿子又问:"它们是不是在说:苦哇,苦哇——可怜,可怜——"

韦歌一愣,细听还真的有点像,酒醒了不少。

韦歌要带儿子进舱吃饭,儿子摇了摇头。韦歌叮嘱他注意安全,就自顾进舱了。

过一会儿,儿子又进来,附在韦歌耳边说:"爸爸,我把'苦哇'和'可怜'都放走了!"

韦歌酒全醒了,心里默默回味着那些水鸟的呜咽,"苦哇,苦哇……""可怜,可怜……"

回到市里,韦歌彻底清醒了,他在网上查找白马湖的资料。一查,触目惊心,白马湖水质污染严重,渔民堆圩、围网养殖,造成湖水污染超标,加上渔民非法捕杀国家保护水鸟,生态失衡,湖区大部分水域成了死湖。

韦歌后悔去白马湖钓鱼,更后悔吃了那些国家保护的水鸟,他感觉到胃里一阵翻腾,跑到卫生间狂吐好一会儿。吐过后,他照了照镜子,感到自己有点脱了形。

作为市人大代表的韦歌,发誓再也不吃野生动物。他连夜写了五条建议,发到市人大代表建议办理平台。上班以后,他又跑到人大常委会,追问一下建议受理情况。

时光荏苒,日月如梭。

一个周末，韦歌又开车带着小学四年级的儿子来到白马湖，爷儿俩走在湖滨景光大道上，十分开心。

经过五年的打造，白马湖目前已经成为国家湿地保护区。看着蓝蓝的天空白云悠闲飘荡，水鸟自由翱翔欢快捕食，美丽的湖区景色旖旎，游人如织，韦歌的心里别提有多开心了。

韦歌摸着儿子的头说："儿子，感觉如何？"

儿子没有说话，蹲在水边，用柳树枝轻轻地搅动着水面，水底下有许多小鱼欢快地游来游去。

蚂蚁蛋

这个故事发生在黄昏到天黑之间。

如血的夕阳伸出它那特有的长舌贪婪地舔着远山近水,以及山脚下这个古老的小镇。于是,世上万物便披上了一件赭红色的外衣。

此时,小镇东头那棵足以让全镇人都引以为豪的古老的银杏树下,大牛和二毛正在比赛,掏出小鸡鸡看谁尿得远。

这两个五六岁的小男孩显然没比出什么结果,然后就蹲下来看地上被他们尿出的两小摊湿地。有一群蚂蚁被他们的尿液阻隔,正慌里慌张地不知所措,有几只还被他们热热的尿液烫着了,四脚朝天胡乱挣扎。两个孩子兴高采烈,干脆撅着屁股蛋,趴到地上,看着、笑着、闹着。他们坏坏地把蚂蚁和稀泥拌在了一起,然后在地上来回爬动,手和脚都沾满了泥土,把湿泥一会儿捏成一条虫,一会儿捏成一条鱼,一会儿捏成一朵花。玩腻了,他们就趴在那里数蚂蚁。一只,两只,三只……

大牛问:"你看到蚂蚁蛋没有?"

"没看到。"二毛说。

"我们来找吧,像米粒一样,好玩呢!"

于是，他们在地上挖起了蚂蚁蛋。东边挖一个坑，西边挖一个坑。

一个闲来无事的三十来岁的青年人觉得好奇，便走了过来。他在一旁看了好半天了。可是，他什么也没发现，小男孩在找什么呢？他的神经不由得紧张起来了。

"小孩，找什么呀？"

两个小孩弄得一手一脸都是混了尿的稀泥，正聚精会神地找蚂蚁蛋，根本没有听到那人的话。这更增加了那人的好奇心，也蹲了下来，用一双成熟的眼，四下观察着。过一会儿，他不由自主地也趴了下来，在地上爬着。

两个买菜的老太太路过这里，看着这"爷儿仨"在地上来回爬，滑稽得很，站在一旁看了半天，也没看出个头和脑来。便问那男人："你们爷儿仨找啥呀？"而那男人此时正聚精会神地寻找着，哪有闲神来搭理这两个老婆。两个老太太虽然年岁已大，但好奇心却丝毫也不比年轻人弱，相互望了一眼后，也蹲了下来，睁着一双满是浊光的老眼，到处张望着。蹲着蹲着，觉得很不舒服，干脆也学着他们的样，趴在地上，来回爬着，恍惚又回到了儿时。

好奇之心人皆有之。其后，又有一妇女一老头儿路过这里，他们的经历大抵和那个男人和两个老太太差不多。先是猜了一下趴在地上的几个人之间的关系，也问了问先前那个男人和两个老太太，可是在地上爬来爬去聚精会神的人哪有工夫回答他们？于是，疑疑惑惑地，他们也不由自主地跟着爬了起来。

这样，慢慢地，时间就过去了半个钟头了。

一个十二三岁、臂上带着两道杠的小女孩路过这儿，不知发生了什么事，反正觉得这么多人趴在地上挺奇怪，嘻嘻地笑了一会儿，决定问先前那个男人。因为那个男人已经很累了，一屁股坐在地上，似乎想休息一下，正望着这么多在地上来回爬的人发呆。

"叔叔，他们在干吗呀？"

"找东西！"那人一只手从裤兜里摸出烟，另一只手摸索着去找打火机，目光无神，散淡游离地转动。

"找什么呀？"小女孩看来要打破砂锅问到底了。

"找……"那人一怔，慢慢向四下望了望。忽然，他的表情怪异起来："咦，先前那两个小男孩呢？"

天已经上黑影了。两个小男孩呢？此时，这两个捣蛋鬼又跑到镇子外边张大爷的瓜田里，趁着张大爷在哑着小酒，正蹑手蹑脚地偷香瓜呢！

偷了几个香瓜，他们坐到小河边啃起来。他们把脚伸到水里，水里的小鱼游过来，舔着他们的脚丫，痒痒的。

大牛说："真香！"

"真甜！"二毛说。

看他们吃得差不多了，张大爷站了起来，远远地说："两个小鬼，吃饱了吗？"

两个孩子吓了一跳，撒腿就跑。

"要吃瓜，白天来呀！"张大爷的声音和白白的月光一起，从后面追了上来。

我要找幸福　　091

鹊　魂

二奶奶七十来岁，一个人过。她家猪圈旁有一片竹园。一到晚上，便有许多鸟儿前来投宿。那些腊嘴鸟、画眉，包括一些麻雀什么的，叽叽啾啾，渐渐就把又大又红的夕阳唱下山去了。这时候，二奶奶就会撒一把麦子或瘪黄豆，然后坐在门槛上，望着鸟儿们呼啦啦地飞下来争食，脸上浮现出点点笑容来。

天，渐渐就在二奶奶的笑里上起了黑影。

一大早，二奶奶就拖了把扫帚，在鸟儿们的欢唱声里，把家前屋后扫得干干净净，拾掇得整整齐齐。然后，就拄着拐杖，来到屋后，看那个挂在高高的槐树上的喜鹊窝。

那喜鹊窝，打我记事起就挂在那儿，大大的，挺惹眼。庄上大点的孩子总是神秘而紧张地对我们说："那鹊窝，动不得咧！""为啥？""反正动不得！"

我们心里就有点害怕。

庄上别的鸟窝都被捣得差不多时，夏天里，除了摸鱼，实在闲得慌。最后，还是决定去捣二奶奶家的那个。孩子们就偷偷地摸过去。每次刚到树下，那老喜鹊就没命地鬼叫，二奶奶的身影在叫声里立即就现了出来。于是，在二奶奶的怒骂声里，我们只得逃之天天。

有时还被打。二奶奶一边打一边大骂我们忘了根本。

二奶奶的手杖很厉害。我就曾当头挨了一下，顿时眼冒金星，两只耳朵嗡嗡直响，头顶立时就冒出个大血泡。晕头转向地逃回家。妈妈心疼地把我搂在怀里，连连用唾沫往那隆起的血泡上抹，嘴里骂二奶奶老不死的。抬起头，妈妈的泪，吧嗒吧嗒就掉在我的嘴边了⋯⋯

"以后，不准再到那个老绝种家门口去！"妈妈恨恨地说。

再没人敢靠近那棵高高的槐树一步了。

庄上人都说，二奶奶是想讨个喜气。其实，二奶奶倒有几分晦气。二老爹婚后三年多，就得了痨病死了，唯一留下的儿子，也在十一岁时在湾里洗澡时淹死了。庄上人都说，二奶奶命硬，克夫害子。二奶奶自此沉默寡言，绝少与人来往。儿子死时，二奶奶硬是没有掉一滴泪。但以后长长的一段时间里，有人夜里路过二奶奶家屋后，却常听到屋里嘤嘤的哭声。

后来，二奶奶就喜欢上了鸟。

一晃就是几十年光阴，以后的岁月里，二奶奶只有在喂鸟时脸上才会现出笑容来。

打那以后，每次上学路过二奶奶门前，我心里都恨恨地说："活该！"

树叶渐渐黄了，竹叶却依然青青地挂在枝上。早晚已有凉意袭来。就在这个季节，庄上发生了一件让我一辈子也忘不了的事情。

一天夜里，下起了雷暴雨。那夜，我闹肚子。夜里出来，见二奶奶顶着个斗篷，颤颤巍巍地立在雨里，望着头顶的鹊窝，双手合在胸前，不住地祷告。一道闪电过来，二奶奶被吓得魂不附体。

转天大清早，外面嘈杂的人声把我吵醒。竖起耳朵，就听外面吵吵嚷嚷地说二奶奶不行了。我连忙去看，发现二奶奶脸色煞白地躺在床上，已经不能说话。有人要送她上医院，二奶奶就使劲地摇头。枕边的一团旧棉花上，并排放着三只小喜鹊。仔细看时，小喜鹊未长齐的羽毛湿湿地敷在失去血色的皮上，眼圆圆地睁着，一动也不动。我心底不由得涌起一阵怜悯来，眼圈儿潮潮的，说不清是为了二奶奶，还是为了三只死去的小喜鹊……

原来，今早天麻麻亮时，二奶奶又出来一趟，见三只小喜鹊掉在泥水里，忙一只一只捡起来，用胸口的一点热气暖着它们，企望挽回它们的生命。然而，这已是徒劳，二奶奶由于淋了一夜的雨，本来就虚弱的身子骨，一下子就垮了……

屋里静静的，有人落泪。这时，屋外传来一声喜鹊凄唳的哀鸣。二奶奶眼睛一亮，忽然来了精神，用手比画着让人把她扶到屋外，站在一旁，见那老喜鹊在不远处的一棵楝枣树上，不停地来回跳动、啼叫。二奶奶连忙示意把那三只小喜鹊捧出来，连那团棉花一起放在门口的空地上。那老喜鹊一下子安静下来，盯着看了好一会儿，忽然扑了下来，趴在小喜鹊身上，伸开两只翅膀护着它们，不停地用嘴亲吻着三只小喜鹊，三只已经死去的，小喜鹊……

人们痴痴地望着眼前这个场景，甚至连气也不敢喘，生怕惊破了老喜鹊那薄薄而可怜的梦。

妈妈的手，不知什么时候放在了我的肩上。这时，我觉得她的手在微微发抖，就伸出我的手，靠了上去，妈妈就使劲地握着。

过了好一会儿，老喜鹊失望地抬起头，缓缓地环顾四周，然后，伴着一声啼血的悲鸣，向天上冲去。人们的心，也陡然被带走了，纷纷傻傻地立在那里，抻着脖子，望着天。

喜鹊的身影一点点地变小，最后，竟看不见了，像一阵烟，消失在人们的眼前。

人们的目光还没收回来，空白的视野里又有一个小黑点渐渐大起来，待到知道就是那只老喜鹊时，就见它收紧翅膀，已经一个俯冲，栽在二奶奶家屋的南墙上了。

二奶奶浑身猛地一个战栗，然后，竟神奇地扶着墙挪了过去！

那喜鹊抽搐几下翅膀，蹬了蹬腿，就没了动静。两只渗血的红豆一样的眼睛，哀怨而无望地睁着。嘴角，渗出鲜红的血。

"二嫂！二嫂！"

"二婶！二婶！"

"二奶奶！二奶奶！"

人们一个接一个地喊着，带着哭腔。

二奶奶忽然摇晃起来，我急忙跑过去，还没到跟前，二奶奶就栽了下去……

妈妈抹着红红的眼睛，推了我一把，说："给，给二奶奶，磕个头……"

我腿一软，跪了下去……

买瓜奇遇记

"棉花庄西瓜"的牌子插在一车西瓜中间,红底黄字,像一面锦旗,迎风招展。

车后面有个姑娘在忙碌着。一会儿把瓜逐个摆正,一会儿把几片略显枯萎的瓜叶拈掉,再不就是把那个"棉花庄西瓜"的广告牌扶扶正。总之,难得有闲下来的时候。

然后,她开始吆喝起来:"爷爷奶奶大爷大妈,大哥大姐小弟小妹,快来买西瓜呀!"

她看起来二十多岁,扎着一条马尾辫,甜甜的笑容,热情洋溢在自信的笑脸上,"棉花庄的西瓜,甜津津的咧!"

中午下班,回家的路上,骑着车子远远地就看到这个瓜摊儿。我被汗水打湿了衣服,抬头看到这一幕,陡然舌底生津,馋虫从心里直往外爬,就想买一个回去一家人享用一番。

说心里话,我是被她的一句土话"蓄甜蓄甜的"给吸引住的。多少年以前,我有个同学就是这个棉花庄的人,也是这种口音。

我推着自行车,过去问价格。

姑娘唰地切开一只瓜,切下一小块递给我说:"叔叔,您先尝尝再说!"

我接过来尝了起来,一小口入嘴,瞬间,自己仿佛被融化了。乖乖,这哪是西瓜呀?简直是冰糖啊!那个甜,像一只小小的兽在自己的嘴里爬,又像恋人的舌头伸进嘴里轻轻地搅,让你有一种体验不出的快感。我一边吃着西瓜,一边赞叹着,真是好西瓜呀,多少年没有吃到这种老味道了!棉花庄西瓜,名不虚传!

见我赞不绝口,就有好几个路人停下了匆忙的脚步,品尝起姑娘的西瓜来。尝过后,大家纷纷掏钱购买。

不一会儿,姑娘的西瓜就你买两个、他买三个地卖完了。

她擦一把汗,从车底下拽出一把扫帚,把车里和地上的瓜皮瓜叶扫起来,装进一个大大的方便袋,扔进车斗里,拍拍手,准备撤退了。她抬头看到我,好奇地说:"叔叔,您怎么还没走?"

"我是有事要问你,"我说,"姑娘,你是淮阴区棉花庄的人吗?"

姑娘歪着头,又望望我说:"没错呀?还能有几个棉花庄?"

"那我跟你打听一个人吧,有个叫李建国的,你可认识?"

"你认识他吗?"姑娘好像怔了一下,疑惑地望着我。

"是的,他和我是中专时同学,一个宿舍的舍友,我们俩处得好,别人都说我俩像兄弟,"我无限伤感地说,"可是,念到第二年,他就因病休学了,从此就没见过面。"

姑娘笑了笑,说:"我们那里有两个李建国,一个五十多岁,一个三十多岁,看样子,您说的是五十多岁的李建国喽?"

我说:"是的,他跟我同年,属马,应该是五十一岁了。"

姑娘调皮地一笑,说:"我回去帮您打听一下吧,要是打听到了,明天我来卖瓜的时候,告诉您吧,对了,您怎么称呼呢?"

"我叫李利军,姑娘,那谢谢你!"

姑娘说不用谢,又问:"对了,您明天还来吗?"

我说:"来,我家就住这个小区,每天都路过这里,你明天要是在这里卖瓜的话,我就会遇到你的。"

第二天,中午下班路过姑娘卖瓜的车子,她远远地就向我挥手:"叔叔,您快来!"

我抬头望,姑娘的瓜车旁边围了不少顾客。今天她带了一个帮手,一个五十多岁的男子。

我见她喊我,知道他一定是打听到李建国的下落了,就停下车子走过去。

她拽过那个男子,说:"爸爸,这个叔叔你认识吗?"

那个男子抬头朝我望,我也朝他望。时光的刀子在我们的脸上刻下了道道痕迹,但是,青年时期的模样还没有完全消弭殆尽,我们同时认出了对方,迎上去,对着对方的胸脯就捣。我说:"臭小子,我还以为你失踪了呢!"他说:"真没想到,我们还会见面哪!"

他告诉我,当初从学校休学本以为是小病,没想到是一场大病,差点丢了命。后来病好了,就在家随父母捣鼓西瓜育种和种植,目前,从育种、栽培、销售到深加工,已经做成一个产业了。

"真有你的!"我由衷地赞叹道,望向那边忙着的姑娘问,"那是你女儿?"

"是的,"李建国说,"这个丫头脾气犟,在南京上大学,暑假回来,非要来体验生活!"从话里能听出他的自豪和骄傲。

陌生女人的倾诉

朋友约好晚上一起玩两把扑克，在淮阴区。

下班后，已经是六点多了。到北京路上打车，因为此时是出租车交接班时间点，车虽然很多，但却很少是空车，有时候即使遇到空车，司机因为忙着交班，也不愿停。等了好一会儿，也没等到，心里未免有些着急，好像去迟了就玩不好一样。

一丝丝小雨飘了下来，如浓雾，幸好是不会打湿衣衫的毛毛细雨，毕竟站在路边等车也是一件尴尬的事。

初夏的淮安，不是太热，也没有凉意，这样的湿润空气，倒是挺宜人的。

一辆载人三轮车停到了我的边上，一张年轻女人的脸露了出来，说道："坐三轮吧，大哥，可以抄近路，快，还比出租车便宜呢！"

我很少坐三轮车，有时候宁愿骑公共自行车，或者直接步行。女人的三轮车比较简易，红色的主色调。女人自己也是比较朴素的那种，三十多岁的样子，衣服一看就是汇通批发市场买来的便宜货，头发胡乱地在脑后挽了一个髻，脸上完全没有化妆，素颜，几颗小小的雀斑散乱地卧着，倒是添了一些小小的俏皮。

她见我望着她，又望了望车来车往的马路，一脸的焦急，知道我是动了心思，就又跟上一句："大哥，就算是帮个忙吧！我吃了晚饭刚出来，你要是坐的话就是我第一笔生意呢！说不定因为你坐我车，我的生意一直会好的呢！你就可怜可怜我吧！"

真是一个会说话的女人，叫人心生怜意。朋友电话也到了，催我快点，三缺一。

我上了她的车，问："到淮阴区的大润发要多少钱？"

"七块吧，出租车的起步价，怎么样？"她一脸的讨好表情。坐出租的话，可能要十多块呢。

"好的，走吧。"我坐好，她帮我把两侧的车门拉好，就出发了。

"唉，真不容易呢，要是家里不要脸的好好的，哪个女人想来拉三轮车呀？"她说。

我一听，心想，这个女人真有意思，跟我这样一个陌生的人，怎么能说家里不愉快的事情呢？我不知道如何搭她的腔，"哦"了一声。

"每天什么事不做，喝酒赌钱，就指望我一个女人赚钱养家，哪容易呀？"

唉，我自嘲，喝酒赌钱，两样我都占着了。"除了拉三轮，你还做什么？"我来了兴趣，问她。

"白天在汇通市场替人家老板看门市，晚上还要出来蹬三轮苦钱。"一声浅浅的叹息。

我在包里一摸，有好些硬币，就摸出七块钱，放在手心，准备在下车时给她。一边想着，这个女人真的不容易呢，这么辛苦地养家。我在老婆的心里，形象应该比她老公好些吧？

"去年和他离了,孩子跟着我,已经上小学四年级了,他是一分钱也不给,一个人租一间房子住,"她自顾说话,有时会回一下头,望我一眼,"竟然还在外面找个小女人!呸!"

我又"哦"了一声,心生恻隐,从包里摸出一块钱,凑成八块,准备多给她一块。

我问:"你们是怎么认识的呢?刚开始你不了解他吗?"

"人家介绍的,小狗日的刚开始能装呢,一结婚,就完全换了一个人,什么事不问,也不出去苦钱,就指望我一个人。"她又回头望了我一眼,伸手捋了下滑下来的一缕碎头发,露出微微发红的双颊,似乎在因为说了一句粗话而感到不好意思。不一会儿,又说:"大哥,我真是受够他了,没办法,就跟他离了,本来不想要孩子的,他个小狗日的也不要,小孩他爷爷也没有能力要这个孩子,你说我命够不够苦?"

我又摸出两块钱,凑成了十块钱,准备下车时都给她。多给三块钱,对我来说,真的是没什么,但是,对于她这样一块钱一块钱辛苦地赚的女人,是不是有些珍贵呢?我想应该是吧,起码,她的心情会好些吧?

"不管怎么说,我要多赚钱,要把孩子养大呢,你说是不是,大哥?"

"是的,你是一个能干的女人,你的命运会慢慢好起来的。"我心里有些发酸。

"有时候,都不想活了,这么七死八活地苦,哪天会是出头的日子呢!真想带根绳子,找棵树吊死算了!"

她的这句话把我从胡思乱想中惊醒,赶紧说:"这可不好,你要眼睛朝前看,以后会越来越好的,千万不要胡思乱想啊。"我伸

我要找幸福　101

手抹了下发热的眼睛。

"唉,大哥,你真是个好人,能听我诉诉苦,我心里好受多了。"一声长长的叹息。

"大妹子,我到了,你靠边停下来吧。"其实我也是挺感动的,感动她把我这个陌生人当成可以信赖的倾诉对象。有时候,能够把自己的不幸说给别人听,也要有很大的勇气的。同时,我也下了决心。

她回头望了望我,说:"还没注意呢,你都到了,拉到你这样的客人,心情就是好呢。"

我拿着准备好的十块钱硬币,又掏出口袋里所有的硬币,都给了她,她急忙推辞:"大哥,不能这样,我不能多收你的钱!"

我态度坚决:"收下吧,我希望你好好地珍惜生活,好好地活下去,不要有一丝不好的想法!"

她接了钱,伸手抹了一下眼角,点了点头。

不一会儿,她的三轮车犹犹豫豫地走了。小雨停了,碧蓝的天空,清新的空气,匆匆的人流,满眼的绿树,这是一个有着无限生机的夜晚。

我把手机关掉,朝家的方向大步走着,浑身有着使不完的劲。

木点给女友凤的信

先是忙着办农转非户口,接着就是参加招工考试,等办差不多了,木点就有个把月没去看在乡下高考复习班的凤了。本打算写封信就算了的,信写好后,想想,还是去看看吧,临回时再把信交给她。于是,木点便揣着那信,在下班后从百里之外的县城坐上个体户的车,匆匆赶到这个偏僻的小集镇。到时,天已擦黑。

寻了个背静的地方,木点把包袱藏在路边的树林里。这时他觉得自己仍残留一些农民的习性。还要改!木点这么想着,就走到凤复习的学校了。

教室的灯下,凤正在专心地学习。木点让坐在窗口的一个同学把凤喊出来。凤到外面,定了定神,看清是木点后,马上跳了过来,握住木点的手,连连委屈地说:"你怎不来看我的,你怎不来看我的……"木点只是笑笑,并且用手指了指教室。

取了包袱,木点寻个便宜的旅馆住了下来,和凤很温情地待了好一会儿。凤临走时,木点要送。凤说:"外面凉,你就不用送了,我自个儿回去。"木点摸摸口袋里的那封信,想在分手时交给凤,便坚持要送。凤无奈,想了想,忽然咪咪一笑,猛地把木点推倒在床上,转身就跑。门,砰的一声被关实了。

我要找幸福　103

木点爬起来，开门一看，凤已如一阵烟，没影了。木点手捏那信，愣愣地立在风里，傻傻地望着凤去的那条小路。而躲在暗影里的凤，此时，见木点的模样，就用手捂嘴，偷偷地笑。凤见木点进屋了，便一溜烟跑了。

　　木点回屋后，躺在床上翻来覆去半天，才合眼。梦中，他被一阵轻微的敲窗户的声音惊醒了。借着月光一看，外头有一个人影在轻轻地唤他，就起来开了门。那人影马上绕进屋来。开了灯，原来是凤！木点又捏了捏那信。

　　"今晚学校有夜饭，我买了几个包子给你吃。"凤笑吟吟的，手里捧着四只用纸包着的包子，热腾腾地冒着白气。

　　木点心头一股酸酸的热流涌了上来，上前一把抱住了凤。

　　"嘘——包子！"凤提醒他道。

　　凤望着木点把四个包子吃了，说："你好好休息吧，明早我还有课，就不来送你了。"

　　木点想起那封信，张口想说些什么，却被满口的包子噎了回去。等回去后，再寄给她吧。木点这么想着，心里也就踏实了些。

　　清早，木点来到路边的小站，赶开往县城的头班车。空荡荡，木点晃晃地走着。他眼睛忽地一亮，就发现一个熟悉的身影，是凤！

　　"那课我懂，听不听无所谓，"凤说，"我怕你一个人孤独……"

　　木点坐在回县城的车上，想着想着，就长吁一口气。摸出那封信，眼盯着看了半天，然后慢慢地撕成条状，又横过来撕碎，扔进了垃圾筒。看着垃圾筒里的碎纸片，木点眼睛一热，鼻子也就发起酸来，赶紧趴在前排的椅背上。

　　泪，滚了出来……

没见面的见面

最终，还是和凤分手了。

这是父母的意思。户口也转了，父亲找人安排他进灯泡厂宣传科，工作也就落实了。"咱这好不容易才跳出农门，怎么能自己不珍惜呢？快快和凤那丫头断了吧！"父母说。

可是，想到凤的种种好处，还是犹豫不决，毕竟相处了三年。他一个人来到运河边，在河堤上坐着。他学会了抽烟，一边吐着烟圈，一边看着运河里的一条条船，慢悠悠地来，又慢悠悠地去，看水鸟不停地在水面捕鱼，飞起又落下。

父母最后通牒，说要和他断绝关系，还说要把他的户口给迁回乡下去，工作也给退了！

这下木点才急了，狠了狠心，决定和凤断掉，方法是冷处理。

凤给他写信，他看也不看，就撕了。然后，一个人来到大运河边的树林里，徘徊而又叹息。

凤给他打电话，他让喊他接电话的人说他出差去了。然后，他躲进卫生间，长久地发呆。

凤从乡下赶几十里路，来看他，他躲在屋里，不敢出声。凤走了，他打开录音机，录音机里崔健在歇斯底里地唱着"我曾经问个

不休／你何时跟我走／可你却总是笑我／一无所有……"听着听着，他号啕大哭，不能自已。

凤不再理他。

凤让他们的一个共同朋友给他捎话，要他答复：爱，还是不爱。

他让朋友给她回话：她认识的木点已经死去。活在世上的这个木点不是她爱的那个，也不值得她爱。

匆匆，三年了。

虽然分手了，但是，他的心里仍有她的一块位置。她的消息他是知道的。分手后，她考上了一所外地的大学，大三了吧？而他自己，因为单位效益不好，下岗了。

有天，酒席上和几个同学喝着酒，不知是谁，一下提起了凤，然后就是七嘴八舌，有的说他是当代陈世美，有的说："幸亏凤没有和他在一起，不然，忙着恋爱，如何能够考上大学？"又有人附和着说："是呀，要是他们结合了，现在木点下岗了，跟着他喝西北风啊？"他的心里有一股酸酸的东西在涌动。酒，就多喝了几杯。回来后，心中有一股莫名的冲动激荡着他，要见凤！向她解释当初的无奈和愧疚！有一种强烈的倾诉愿望。说去就去，就又写了一封信，带着。

坐了几百里路的车，到了凤读大学的这座海滨城市。

凤宿舍的女孩正在往脸上贴着黄瓜皮，说："凤今晚在阅览室值班，"又问，"你是她的男朋友？"

木点笑了笑，不作声。

到了阅览室，隔着玻璃门，就见着了凤忙碌的身影。他贴着门，看着她，心潮起伏。这是自己曾经多么熟悉的人，又是自己曾经多么亲密的人！如今，却成了他人！

  他想请另外的同学帮他把信捎给她，又想了想，还是算了吧。

  他就这么痴痴地望着她。直到阅览室里的人走完了，凤整理好报刊，向门口走来，他才慌里慌张地逃开了。然后，躲在暗处，尾随她一路走向她的宿舍。眼看她到了宿舍楼下，眼看她上了楼，眼看她的宿舍门关了，眼看她的宿舍灯熄了……这才叹了口气，离开了。

  住在学校的招待所里，一夜辗转难眠，几乎没合眼。脑子里都是凤以前对他的种种的好。

  第二日，他等在她宿舍通往教室的路上，下决心要把信交给她。远远地，见她来了，他往路当中一站，清了清嗓子，准备喊她。但是，当她走近了，他又打消了念头，转过身，背朝着她，把风衣的领子翻起，点了一支烟。

  他看到她和几个女同学一块，有说有笑地从身边走过，快活得很。

  回来的路上，他掏出写好的信，看了一遍又一遍，直到两眼模糊。然后，把信撕了扔掉，头仰在坐椅上，用报纸挡住整张脸。泪，就滚了出来。

  窗外，刹那间，有无数的蝴蝶翩翩舞在风中。

  今晚，这些蝴蝶，不知会进入谁的梦乡？

我要找幸福 107

高墙内外

木点偶一抬头,看到一个女子向他走来,吓了一跳,赶紧低下头,留一个青青的光头皮给对方。虽然隔着铁门上的钢筋,他依然还会认出她。怎么能认不出呢?就是烧成了灰,也不会看走眼的。

对方显然也看到了他,并且认出了他,停住脚,注视着他一会儿,转身走了。

她翻看花名册时,看到他的名字,有点不可思议,也有点疑惑。多年前的那场爱情,和这个负心人的离去,像一幅渐渐融化的昨夜玻璃上的冰凌画,天亮后太阳光一照,就消失得无影无踪。但此时,这个本来已经遗忘的人,此时又忽然冒出来了,啪的一声,在她的头脑里炸裂开来,让她的心,又不由自主地疼了一下。思忖再三,还是决定到监舍来确认一下。

木点能感觉到对方走远了,抬头看着她的背影,心还是突突跳。

多年以前,他就听说,凤大学毕业后被分配到监狱工作,没想到是这所。当时还想:一个女孩子,干吗要到监狱工作?别人还以为是她自己蹲监狱呢!将来找对象都难,心里还替她担心着。自那次在凤的大学最后一次看过她,小二十年了,就再也没见过凤。让他始料不及的是，自己会住进来，和她在一个院子里。他见到狱警对她很尊重，想必她是个领导。可是，如今这样的自己，又岂敢有让她关照的想法？她应该对自己恨之入骨，不给自己穿小鞋就应该谢天谢地了吧？

他叹口气，感慨命运的多舛。曾经相恋的两个人，如今在一个院子里生活，只不过，一个是自由的，一个是不自由的。

木点在市里的淮州日报社广告部做经理，业务曾做得风生水起，在报社广告收入突破一个亿、迈进两个亿的征程中，留下了他的汗马功劳。那时的他，几乎在整个淮州市都能呼风唤雨，整个一幅春风得意马蹄疾的大写意。

后来，他把持不住了，养着两个小女友在外面。虽然自己的妻子姿色尚可，毕竟是形同左右手，早没了感觉。

终于，两个小女友发生内讧，揭发了他的贪污受贿行为，纪委秘密调查以后，对他执行了双规并起诉。呜呼，两个小女友树倒猢狲散，妻子也伤透了心，毅然和他离了婚，并且带走了一对双胞胎女儿。他被判了有期徒刑五年，进了这家湖边的监狱，真正成了孤家寡人。

不久，监所安排木点编监狱的报纸《新风》。这让他始料不及，又觉得是意料之中的。不过，这对于编辑出身的木点来说，对于出版过两本诗集的木点来说，对于担任过市级日报广告部老总的木点来说，简直就是小菜一碟。

他报纸办得好，图文并茂，有血有肉，有实践有理论，受到监所和监狱管理局领导表扬，许多稿件在省里的监狱系统经常被评上优秀奖。他自己带头写稿，高水平的稿件常会得到上面的喜欢。他还经常组织犯人开展读书活动，开展心得体会征文比赛，在监狱犯

我要找幸福　　109

人中有着很好的口碑。

于是，他得到过两次减刑机会。

只在监狱待三年，他就出狱了。

他唯一遗憾的是，在监所，自那次见过凤以后，就再没有看到过她。

不过，外面的空气真的好，初夏的新雨后，空气中有一种淡淡的清新，站在监狱的大门口，他猛吸一口，新鲜的空气，直达每一个肺泡。

他找狱警要了一支烟，点着，抬头看着墙上贴着的警务公开栏。一个人的相片让他双眼发热，他抬手揉了揉眼睛。

是凤，他曾经的女友，在玻璃后面朝他微笑，职务后面填着：监狱长。

他轻轻叹口气，转身向大门走去。这时，一群鸽子飞过他的头顶。

凤看完木点通过狱警留给她的信，站在办公室的窗户边，看着离开监所越来越远的木点，直到他消失在她的视野里。

坐下来，她轻轻地撕着信纸，一条一条。

油菜花

黄灿灿的油菜花开满了河坡。

木点骑着车子,行在废黄河的坡上。满眼的黄使他快活,胸膛里像长出了一窝麻雀,闹腾腾地。

每个周一,清晨,木点都要从四十里外的里仁骑车到王家圩的高中上补习班。一个星期的苦读,木点盼望着周六的来临。周六,下午,木点就像一只出笼的雀儿一样,跨上自行车,飞也似的回家。他一会儿双手撒把,一会儿一只脚站在座椅上,另一只脚平伸向后,来个金鸡独立,像个杂耍演员来到乡间。

这回也一样。不过,因为花开,他想下来走走,闻闻这满坡油菜花的清悠悠的香气。他把车子停在那儿,在河坡的田埂上来来回回跑几圈,他陶醉了,油菜花的香味真熏人哪!他的眼前便泛出一桶桶的菜籽油来,汪汪地绸子一样,欲泻非泻,弹指即破。

这个时候,木点转了个身,他的眼睛亮了起来:不远处,有一个穿粉红衣服的女孩,头上点缀着几朵黄艳艳的油菜花,娉娉婷婷地行走在花丛里。

莫非是花仙子?木点的心开始乱跳起来。人却一下子安静下来,不再跑哇跳哇喊的了。他想,先前自己乱蹦乱跳乱喊的样子是

不是被女孩认为好笑?

　　于是他深沉起来,踱着方步走向自行车,很绅士地推着车子,慢走了几步,这才像个真正的大人一样,优雅地骑上了车,走了。其实,心里想盯着那女孩死命地看几眼,表面上却装出漠然的样子。但是,余光还是狠狠地瞄了那女孩几眼。就见那女孩走过了坡,到后面的庄上去了,然后进了门前长着一棵高高的泡桐树的人家。

　　木点这才回过神。他又快活起来,使出一身的牛劲,猛踩着自行车,嘴里嗷嗷地叫着。

　　咔嚓——"不好,自行车链条断了!"他只好推着车子快快地朝家走去。到家时,天已经黑透了。妈妈在屋后提着罩子灯等他。天虽黑了,肚子虽饿了,人虽乏了,但木点的心里却是温暖的。

　　以后再到那坡时,木点就要朝那门前长着高高的泡桐树的人家望几眼。见那女孩坐在门口看书或者做事,就心跳脸热。要是看不见,那他一个星期心里都不踏实。

　　后来,木点想了个接近女孩的办法。这回,快到女孩家门口的时候,远远地见女孩坐在那看书。他下了车,对着车子左看看,右看看,然后蹲下身,故意把气门芯拧开,放了气,又拧上。这才推着车子,朝女孩家走去。

　　"对不起,能借你家气筒用用吗?"木点红着脸说。

　　女孩抬起头,望了望他,又望了望他的自行车。

　　木点又把话重复了一遍。

　　女孩就笑了笑,点了点头,把书放在凳子上回屋去拿气筒。

　　打完了气,木点说了谢谢。女孩捋了捋刘海儿,笑。

　　于是,两个人就熟悉了。

几回以后，女孩说她是市里师范学校的学生，叫黄艳，每个星期六都回家来。

后来，女孩还给了木点一张自己的画像。画像上，女孩灿烂地笑，像一棵甜甜的很青春的油菜，油菜梢上的几朵黄花，要绽没绽的样子。

木点把女孩的画像放在贴身口袋里，没事的时候，掏出来看看，心里就泛出阵阵的甜，像风吹过菜籽油表面起的波。

高考了，结果又落榜了。木点就去了南方打工。

第二年，打工回来，黄灿灿的油菜花又开了。

一日，木点骑着车子来到曾经油菜花开满坡的废黄河边，找遍了，却不见那女孩的家！他掏出女孩的画像又细看看。画像上，依旧是女孩灿烂的油菜花般的笑！

木点买了车票去市里，找到了师范学校。

"我们学校确实有一个叫黄艳的同学，"看门的老头儿坐在传达室的里屋咂着酒，头也没抬，"不过，她已死了两年了，是白血病吧？当时，学校组织捐款，俺还捐了十块钱呢。"

木点一怔：这怎么可能呢？赶忙掏出女孩的画像，双手递给老头儿，说："你看，这有她的相片！"

看门老头儿接过画像，左看右看，端详了半天，说道："年轻人，莫拿老头儿开玩笑！"他又白了一眼木点，"你拿张破纸来糊弄俺干啥？"

木点有些急，凑近了想指给老头儿看。可是，他接过画像一看：画像上的人像被汗水浸泡没了，手里捏着的，真的只是一张破纸。

老枣树下

古山河的水缓缓从村外流过。木点的家,就在古山河边上。每天傍晚,木点都蹲在老枣树下等爹爹回来。

这棵枣树,是木点爹爹像木点这么大的时候栽下去的。如今,一抱都抱不过来了。

爹爹回来的时候一般不摇那拨浪鼓。他早上出门的时候,出了村口才会摇。那拨浪鼓被摇得嘭嘭直响,会把别的村大姑娘小媳妇一个个地给摇出来,但被摇出来的更多的却是孩子们。他们喜欢用一分钱买爹爹的一块小糖,含在嘴里,甜甜地融化着。有的孩子连一分钱也拿不出,爹爹就说:"来,过来,把你那小屁股伸过来给我摸摸,给你一块糖,行不行?"有的孩子真就把屁股翘过来。爹爹吐口唾沫在手心,照着那黑乎乎的小屁股上就是一掌。那孩子得了糖,顾不了疼,撒腿就跑了。边跑边唱:"卖货郎,卖货郎,一天荡到晚,没的吃,没的穿,嘴里含块糖!"爹爹笑了笑,挑起担子,摇起拨浪鼓,哼着淮海小调,走了。

爹爹的身影从村口慢慢地摇了过来,木点拍着小手叫着、跳着,迎了上去。到跟前,木点接过爹爹的拨浪鼓,使劲地摇着。爹爹抹一把额头的汗,换了下肩,嘴里哼着淮海戏的调子,滋润着呢。后来木点才知道,那就是有名的《上花轿》。

到了老枣树下,爹爹放下担子,坐在扁担上,冲木点招手说:"乖,过来,看爹爹给你带来什么?"木点赶紧凑过去,搂住爹的脖子,闻他身上浓浓的烟草味。"爹爹今天进了一趟众兴城呢!"爹爹说着,解开大襟袄的布条子,伸手到怀里摸出一个塑料纸包着的什么东西。解开一层,里面还有一层报纸,他边解边说,"爹爹给你从众兴城带回包子呢!""哇!包子真好闻哪!"木点一把抢了过来狼吞虎咽地吃了一个。这是他有生以来第一次见着这么好闻又好吃的东西。再要吃第四个时,爹爹说:"中了中了,莫再吃了,这个是留给你奶奶的!"

木点使劲地咽了口口水,因为吃得匆忙,还没有品出包子的味呢!

然后,爹爹就盘腿坐在大枣树下,手蘸着唾沫,在太阳的余晖里数着一毛二毛一分二分的碎钱。数钱的时候,他虚眯着眼睛,唾沫吐在手指间啐啐的声音很响亮。这个时候,他既自豪又兴奋。钱数好后,他把整钱叠整齐,然后连包子一起交给奶奶。

奶奶先接过钱,用手巾包好,又接过包子,骂道:"你个老砍头的,怎能买这么金贵的吃食呢?啊——"她把"啊"字拖得长长的。爹爹嘿嘿地只是笑,拿葫芦水瓢从水缸里舀一瓢水,用粗布手巾抹把脸,扛起锄头,又哼起了他的淮海戏小调,下地去了。奶奶唤过木点,把包子塞到他手中,说:"乖,你吃吧,吃这补食好长脑子,长大考状元!"

奶奶去世后,爹爹有一年多没去走街串村地做卖货郎了。

后来的一天,大清早,他把货郎挑子收拾收拾,又出村了。但是,这下,他苦的钱没地方交了,生意做起来也就没什么心思。

一日傍晚，木点爹带回一个女的，有五十岁的样子，在家里住了几日。有天，木点见他二叔跟爹爹在吵。晚上，木点爹就和那女的抱着头哭了。见着木点，木点爹说："乖，来，叫奶奶！"木点扭扭捏捏地上前，叫了声奶奶。叫过后，木点真的想起了自己的奶奶，哇的一声哭了起来……

秋天到了，老枣树的叶子一下子掉光了。那女人从老枣树下消失了，经过河涯，向更远的地方走了，再也没有回来。木点爹扶着老枣树，望着她远去的村口慢慢地变老了。

木点爹去世的时候，是秋天。木点已经在县城众兴镇工作好几年了。接了电话，木点赶紧请了假往老家赶。他听说爹爹已经五六天没吃东西了，最后一口气就是咽不下，心里就酸酸地难受。

远远的，木点见老枣树没精打采地站在村口。

木点爹已被移到了当门的铺上。他睁开眼，看到木点，眼皮眨了眨，显示出一种惊喜的神色。木点赶忙跪在他身边，从手提包里掏出几只包子。包子热腾腾软乎乎的。木点说："爹爹，这是你爱吃的包子，吃点，身体才会好的！"木点爹的脸上出现了一丝笑容。木点就把包子掰开，一点点地喂进爹爹的嘴里。

他费劲地吞咽着。忽然，头垂到了一边。

木点的眼泪流了出来，把爹爹抱在自己的怀里。

屋里，顿时哭声一片。

第二天早上，老枣树的叶子全黄了，簌簌地往下掉。黄黄的枣树叶，像一个个凄楚的眼睛，飘落在古山河里，有点不舍，随河水漂哇漂，一直漂到五十里外的洪泽湖……

桃树风波

木点在城郊盖了幢房子，装潢得富丽堂皇。

他盖的是一幢别墅。这样的别墅一溜五排，有五十户人家，都是按一张图纸盖出来的。那些人都是局长、主任或者大款什么的，只有木点不是，他只是一个广告人。

他的房子有好大的一个院子，另外还有一点空地，木点便设计了一个鱼池，又设计一个花坛，让瓦匠们做。做好后，木点还算满意，就买来一些甲鱼，也买些红鲤鱼、鲫鱼什么的，放在鱼池里。没事的时候，他喜欢蹲在鱼池边看鱼的游动，有时也能从中捕捉点广告设计上的灵感。要是有客人来了，他就抄起渔网，逮上几条，当场剖了，让他老婆烧。他老婆烧鱼可是有一手的，还用小麦面糊和玉米面糊在鱼汤上面贴一圈死面饼，这叫作小鱼锅贴，客人吃了，没有不夸赞她手艺的。

木点的父亲母亲来了，他也捞几条鱼准备剖了烧。父亲说："这么小的鱼，吃它命啊？"他望望父亲，不敢多言，只好把捞起的鱼又放回池子里去了。

木点在花园里栽了好些花草，有草本的菊花、葱兰，也有木本的月季、杜鹃什么的，一年四季花事不断，鲜艳灿烂得很。他还在园子里栽了一棵桃树，三年来，修修剪剪的，施了不少化肥。那桃树就长得喜人呢，蓬蓬松松枝枝杈杈，活像是从中国画上走下来的。桃树不仅好看有形，而且每年初夏还能结几十个桃子，桃子甜、脆，蜜一样。

父亲家拆迁，来木点家小住几日。一大家人团团圆圆的，挺热闹。

父亲没事的时候，就在花园里摆弄摆弄，修剪修剪花草，培培土。又在空出的地方栽上两行葱，烧菜时，就掐些葱叶炝锅，用着方便。

星期天的早上，木点拿起渔网去逮鱼，说中午报社有几个朋友来打牌。鱼池里有大一点的鱼了，父亲不再说什么。

捞鱼的时候，木点无意间一抬头，发现花园里他最喜欢的桃树斜伸出的那些枝杈被剪了，只留下一个笔直的主干，还有几个向上的枝条！他气极了，粗声粗气地问："是谁剪的？"其实他知道是父亲剪的，别人谁会剪呢？谁又敢剪呢？

父亲正在院子里做广播体操，说："是我剪的。"

"长那么好看的枝条，你为什么要把它剪了呢？"木点把捞起的两条鱼又扔进鱼池，气呼呼地说。

"光好看，不成材，中什么用？"父亲说。

"这是观赏树，能成什么材？"木点拿着手机，一边跟谁说着什么，一边气鼓鼓地出了院门。大铁门咣的一声关实了。

身后，父亲发了好一会儿呆。

在酒馆和报社的一帮朋友喝过酒出来，木点想起和父亲怄的气，就不想回家，一个人独自来到运河边，抽烟，看运河里来来往往的船。这儿有一大片的意杨林，是木点喜欢来的地方。棵棵意杨树高大笔直，在树下散步可是惬意得很。看林的老大爷说，他这个林子，现在值十几万，怪不得他每天精心修剪养护呢。如果没人修剪，这些树能成材吗？他想起小时候逃学，回家后被父亲知道了，父亲把他双手反绑在门框上，用树枝条狠狠抽打时的情景。父亲咬牙切齿，又拿出晾衣服的绳子，使出浑身的劲抽他。奶奶站在旁边，跺着小脚喊道："你想打死他吗？"父亲不出声，依旧死命地打。奶奶拽过笤帚，对着父亲就下手了，嘴里说："好好好，你打你儿子，我打我儿子！"想到这儿，他的眼里有种热热的东西在涌动。

父亲有父亲的看法，我怎么能够让他的观点和我一样呢？回来的路上，他想。

剪就剪去吧，只要父亲高兴就行。他想。

怎么能因为一棵桃树伤了父子感情呢？他又想。

回到家时，他见自家门口有一辆搬家的三轮车，几个民工正在从屋里往三轮车上搬东西。父亲阴沉着脸，正在指挥着他们。细看一下，全是父母的东西。

他愣了，半天，才问："爸，你这是干什么？"

父亲不吱声，依旧沉着脸指挥民工搬东西。等东西都搬差不多了，父亲就骑上车子，带着母亲，走了。

母亲坐在自行车后座上，望了望木点，叹了口气。

他追到门口，望着远去的父亲和母亲，嘴里想喊什么，却又一时喊不出来……手扶门框，他心情沉重起来。

回过头，一阵风吹来，院里的桃树叶哗哗作响……

粗瓷饭碗

"苗苗,快端饭给爸爸!"苏凤在厨房喊女儿,苗苗脆脆地答应一声,像个小鹿一样,从客厅蹦进了厨房。

木点很少在家吃晚饭,所以,偶尔在家吃一顿的那天,就是妻子苏凤和女儿苗苗的节日。

苏凤做了几个他喜欢的菜,水芹炒肉丝、红烧鲫鱼、青菜蛋皮豆腐汤,切两个松花蛋和一个咸鸭蛋拼在一起,又炒一盘花生米。她陪着木点喝点小酒助兴。

木点外面事情多,在家吃饭的机会确实不多,特别是晚饭。他看着因为自己在家吃饭而显得有点殷勤的妻子和女儿,心里有些过意不去,一丝温暖像是一滴红墨水滴入水面,慢慢浸洇着。

下午他在电话里告诉苏凤:今晚回家吃饭,晚上还要到单位加班,写稿子,要很迟。苏凤在电话里就很开心地说:"好的好的,我做几个你喜欢的菜,陪你喝两杯!"放下电话,苏凤转身对苗苗说:"苗苗,跟妈妈去买菜!"

苏凤陪着木点喝了几杯,就去厨房盛饭。

木点望着苏凤的背影,愣了一下,端起杯子,自己又喝了一杯。

苏凤拿出三个碗,一个比一大。女儿的最小,是一个小巧精致的寿碗,是老家的二老太过九十岁生日时带回来的,一共带回来三个。小孩子用高寿老人的碗,图个吉祥、长命百岁的寓意。苏凤自己的比苗苗的大些,是一个普通的碗,白底,点缀着素雅的淡蓝碎花。木点的碗最大,有讲究,这碗是婆婆去世前交给她的,土窑烧制的蓝花粗碗,上面有碎蛋壳一样的纹理,密密麻麻,婆婆说这碗是木点的太爷爷传下来的,是民国的物件,有些年头了,已经用了四代人。婆婆说,木点小时候就是用这个碗吃饭,最多的时候,他可以吃三碗呢!婆婆每次说到这里,都会开心地笑笑。后来,木点到城里读书,再回家时,就不用这个碗了,婆婆说,木点说碗太大,一碗吃不完。

这碗,婆婆临终时交给她,让苏凤带回来,说:"让他用这个碗吃饭,我心里会踏实。"

"这个碗以后一定要交给咱苗苗哇!"婆婆最后的目光充满期待。

苏凤拿碗的时候,先是拿了一个和自己一样的碗给木点。但是,碗柜里边的那只蓝花碗,仿佛在对自己发出一声愉快而急切的叫唤,像是婆婆的叮咛,她手不由自主地伸了过去。

摩挲着蓝边碗,苏凤想:木点已经不是以前的木点了,回家后,话不多了。给他盛饭,以前是用小碗,三口人都用二老太的寿碗,她盛多少他就吃多少,从来不添第二次。后来,苏凤给他和自己换成大一点的,木点也是一碗到底,还是不盛第二碗。有一回苏凤硬是给他盛了第二碗,木点把碗一推,站起身就走了,出去转了好半天才回来。

"爸爸的碗真好看!"苗苗看着爸爸,开心地说,"爸爸,以后你常回家吃饭吧!"

木点看着苗苗端上来的碗,饭盛了八成满的碗里面,晶莹剔透

我要找幸福 121

的米粒散发出缕缕香味,上面还放了三四根榨菜丝,真是勾人食欲呢。他先是诧异,继而内心翻腾。看到碗,他好像看到了妈妈热切注视着他的目光。他忍不住朝厨房望了望,见在厨房里盛汤的苏凤抽空抹了一下眼睛,不由得,他的眼睛也有些发热,赶紧回过头来。这才想起苗苗在和他说话,就对着苗苗说:"好哇,爸爸天天陪着我的小公主吃饭,好不好?"

吃了饭,苏凤收拾碗筷,苗苗去看电视了。

木点来到阳台抽烟。点着香烟,长长吸了一口,灰白的烟雾袅袅浮现,烟雾中,仿佛有个女子在急切地对他招手。他慌张起来,手有些抖。

回头望,厨房里碗筷在水中接触搅动的声音传来,苏凤单薄的背影使他心潮起伏。

他猛吸一口香烟,将香烟拧熄在烟灰缸里,摸出手机,给那个女子发了一条短信。然后,把她的短信和通话记录全部删除,将她打进了黑名单。

木点来到客厅,坐在女儿身边,把女儿搂在怀里,说着笑着。

焦急的她,在他们的出租屋里等着他。

下午,木点就在这间出租屋给他老婆打的电话,他搂着她给老婆打完电话后,说:"宝贝,等着我,我吃过马上就回来!"

这个时候,她收到了木点的短信:单位临时有重要公务,我已出差去北京。

她连续十三次打他手机,听筒里都是:"您所拨打的电话正在通话中,请稍后再拨!"

她把手机扔到床上,在地板上把自己放成一个"大"字,泪流满面。

浴　客

氤氲的水汽中，老赵不经意地一瞥，瞥见了一个熟人，就忙打招呼："呦，木总，您来了呀？有阵子没见着了噢！"

那个浑身光溜溜的胖子，正像个企鹅一样四下张望，听老赵这么一喊，漫不经心地应道："哎。"

擦背工老赵心里就一咯噔：木总今天好像有点不舒坦，怎么这么没精气神？以往，他可从没这样生乍乍的（方言，形容呆愣的样子），熟得很哪！"马上就行，您稍等！"但是，老赵还是提高了嗓门说，话音里的许多自豪，引得其他擦背工纷纷侧目。有的就说："老赵，熟客来了，可要多卖劲哪！"

"自然！"老赵得意起来，嘴里哼着淮海小调，手下的活做得就愈溜乎（方言，形容灵活、敏捷）了。

老赵还是大赵的时候，就认识了木总。木总叫木点，那时老赵叫他小木。老赵还记得，小木第一次来汤池浴室洗澡时，人单薄瘦弱得很。老赵和他搭了话后，心想：乖乖隆地咚，感情人家是刚毕业的大学生呢！老赵替他擦背的时候，就认真多了，不时地问："重不重？"大学生这般金贵的身子骨，可不能像擦那些大老粗那样，老赵想。

我要找幸福　123

老赵晚上回到家里，就红光满面地对老婆和儿子说起了这事。老赵还摸着正上小学五年级的儿子的头说："儿子，你也争口气，考上大学，给老子挣挣脸面！"儿子不屑地说："考上大学有什么了不起的，我将来还要考博士呢！"老赵就高兴起来，酒也多喝了两杯。

　　后来，小木就带着自己的双胞胎孩子来洗澡了。老赵给他们擦背，细心周到。小木洗完了澡，走时对老赵说："赵师傅，给你带两瓶酒，回头到我铺上去拿。"老赵搓搓手说："你看你看，这怎么好呢？"他四下向其他擦背工望了望，笑容挂在脸上老半晌。

　　再后来，小木就变成了木科长，而后又成为木总。身体也慢慢地发福了。老赵替他擦背时，轻轻拍拍他的肚子，关切地说："木总，您可要注意身体呀！"木总嗯嗯两声，说："应酬多，没办法，老赵你看，我这身体都快不是自己的了。"他微闭双目，享受擦背工老赵给他带来的乐趣，又说："老赵，晚上到我家去一趟，有两箱酒，你拿回去喝吧，家里都快没地方摆了。"老赵说："何必呢何必呢，你看你看……"他情绪高涨，声音嘹亮，空拳在木总的后背上敲得噼里啪啦直响，不仅有力，而且节奏感特强。木总惬意得很，睡着了。

　　这以后，木总就有年把没来汤池浴室了，老赵不时念叨。技校毕业后在五月花洗浴休闲中心工作的儿子就说："人家上休闲中心去潇洒了，还常到我们那儿去，谁还去你那破地方！"

　　两年多没和木总见面了，今天总算见了，按说老赵应该高兴才是，可是晚上回家后，老赵心情却沉重起来。他第一次感到自己身子骨有点不听自己使唤了。唉，也难怪，都见孙子的人了，还能不老吗？一茬人撵一茬人哪！不过，他想不通的是，木总还年富力强,怎么就下岗了呢?虽说现如今大学生多了,可他才四十多岁,正是干事的时候哇!这话要是从别人嘴里说出来,就是一棍打死老赵,他也不会相信,可这是木总自己亲口对老赵说的。说这话时,木总还长长地叹了一口气呢!

老赵想不通,思想上有疙瘩,擦背时就老走神,该重的时候也没有先前有力了,一些老浴客就有意见了。

第二天,午饭后,老赵才懒洋洋来到汤池浴室。进了门就听几个擦背工正在议论木总,见老赵来了,他们声音更大了,说木总用公款在外面包两个小情人,两个小情人争风吃醋,闹到了单位,这下东窗事发了。听说昨晚公安局已到他家查过了,姓木的被"双跪(规)"了。他们说这话时,快活得很!

听了这些话,老赵就一惊,愣了好一会儿。他衣服也不脱了,站起身,慢慢地出了浴室的门。众擦背工好生纳闷:老赵是不是中午喝多了?

汤池浴室,再也见不到擦背工老赵的身影了。

纸　婚

亦凡是很少出差的。这次领导安排他到珠海学习四十天,当然就有点紧张了。不仅他紧张,结婚快到一年的我也很紧张。两个人头天晚上紧紧张张地准备行李,想起这样又怕丢了那样,一直忙到十二点多,并且说好,天亮后,两人用自行车把行李推到车站,然后我把车子骑回来。

我被闹钟闹醒了,睁眼一看,身边早没了亦凡,再一看钟,已是七点了。昨天晚上明明定在五点上的,显然是被亦凡重新拨过了。

我连忙起床,见写字台上亦凡留了一张条子。"老婆,你睡得好香!醒来后,别忘了给途中的我一个甜蜜的吻,更别忘了照顾好自己和肚子里的小宝宝!"我摸了摸自己圆鼓鼓的肚皮,先是幸福地笑笑,然后又有一种淡淡的失落感从心里泅开来,一整天都情绪低落。

几天后的一个上午,在班上。十点钟的时候,收发室的张大妈神经兮兮地来到我跟前,贴着耳朵对我说:"有外遇了?"我对张大妈有点反感。先前,有回亦凡来了一封信,因为贴的是一张好看的邮票,被张大妈的小儿子看中,用剪刀一剪,把里面的亦凡照片剪了一个豁口，我就气得和她吵了一顿。我乜斜她一眼说："别专拣没影的事说！"张大妈脸一红，很窘。忽然，她又得意起来，把声音提高了八度，说："哎哎哎，我本来想不讲的，没想到你会这态度！大家伙来看看，这是咋回事！"

张大妈这么一嚷嚷，办公室的同事都来了兴趣，鸭子似的把头伸向张大妈，一双双眼睛都聚焦在她手中的一张明信片上。这是一张寄给我的明信片，只有收件人单位，没有寄件人单位，也没有落款，中间用红笔画一颗活泼乱跳的心，心的下面用正正规规的字体写上：这里面永远有你的位置！

我一把抢了过来，脸上腾地升起一股热潮，仿佛身体里的血液都急速向脑门冲来，几乎要失去知觉，匆忙把明信片塞进抽屉，掏出手帕，擦了一下额头上的汗，这才稍微镇静下来。

"这是亦凡写的。"我平静地说。

"亦凡的字，谁不认识？"张大妈一副得理不饶人的样子，"先前，他一周给你写两封信，不认识亦凡的人恐怕有，不认识亦凡字的，倒是不容易找到呢！再说了，结婚都快一年了，哪还会这样肉麻？"

我白了一眼张大妈，站起身，走出办公室，想静一静。心里乱了，说心里话，我也不知道那明信片是谁写的，反正不像亦凡的字。

还没到下班，全局上下都知道这事了，我觉得每个人的眼神都有些不同，这些人的眼光残酷得很，像刀子，在剐着我，我悄悄地把那该死的明信片拿出来，塞进坤包，回了家。

日子再也无法平静了。

亦凡珠海学习回来后，我的内心深处就有一种莫名的负疚感，生活不再像先前那样鲜活有趣有滋有味了。我的眼前时不时地晃动着明信片上那颗活蹦乱跳的心。

　　深秋的一个晚上，亦凡做了好些菜，放好了碗筷，从卧室把我请了出来，刚坐下，八点的钟声和音乐门铃一起响了起来。亦凡冲我笑笑，站起身去开门。

　　门开了，一个很青春的小伙子手里捧着一篮鲜艳欲滴的鲜花，微笑着说："先生，您订的鲜花送来了，祝您生日快乐！""谢谢！"亦凡回头冲我做个鬼脸，我莫名其妙，怔怔地望着这一幕，努力地想着什么。

　　鲜花使者走了，亦凡从厨房里拿出一个生日蛋糕，笑着对我说："亲爱的老婆，祝您生日快乐！"

　　我一下子回过神来，今天是我的生日！我情不自禁地站起来，连连捶亦凡的背，"你坏！你坏！""饶了我吧，老婆！"亦凡假装躲避着。

　　我忽然伤感起来，默默地陷在沙发里，看亦凡在蛋糕上点燃一圈小蜡烛，又熄了灯，我实在控制不住自己感情了，泪，涌出了眼窝……亦凡吓坏了，问："怎么了？老婆，怎么了？"

　　我走进书房，翻出了压在抽屉底边的那张明信片，递到亦凡眼前："我也不知道，是谁，寄的……"亦凡疑惑地接过去，皱着眉头，看了起来。看着看着，他忽然笑了起来，我抬起头，怔怔地望着他。

　　他走过来，一把搂住我说："对不起，老婆，我忘了告诉你，这是我去珠海那天从车站给你寄的！"

　　我疲惫地望着亦凡，揉了揉眼睛，看了下邮戳，果然是。"我当时只顾着和你开玩笑了……"亦凡这样说。

　　这时，我感到腹部一阵剧痛，泪，唰唰地流得更快了……

　　我们的孩子选择这个时候出世了。

四阿公

那年，满地金黄的时节，四阿公活着回来了。

对于小村来讲，这无疑是一件稀奇的事儿。

四十年的风雨霜雪，早已把四阿公雕刻成一种苍老的风景了。南海的热带风，也将四阿公吹成了一个准台湾人。然而，那一缕乡恋，一曲乡音，却是岁月所无法消磨的。

小村已出落得体面了，这出乎四阿公的意料。四十年的沧桑岁月，剥落了小村贫困的历史。小村是一首抒情歌，是一幅生机勃勃的大写意的水墨画了！

四阿公拄杖，不要一个人陪着，家前家后村南村北地转悠。遥远的往事被思绪牵到他眼前。

变了变了。昔日那一百多亩盐碱滩呢？难道眼前这大片大片的果园里有它嬗变的轨迹吗？那连绵数里的乱葬坑呢？难道这一排又一排的钻天白杨，是它们的子孙吗？那断墙漏屋，那塘边的水井呢？还有稻田边咿咿呀呀唱着淮海戏的水车呢？

四阿公流泪了，蹲在地上，双手深深地插进泥土里。泪水，满含着深深的歉意，大滴大滴地滚落下来，滋润着脚下的土地。

快到白杨林尽头了。做村主任的表叔忽然冒了出来，脸上有股少有的惊慌："回家吧。天凉，别冻着。"他是四阿公的侄儿。

"嗯。"四阿公答着，脚却没停。兴致依然很高。表叔急了，上前拽住他，恳求般地说："四伯，前头没啥，回吧！"

"你先回吧。"四阿公说着，又继续向前走。前方，始终有一种新鲜的东西在晃动，在闪耀，在招引着他。

眼前的一块墓碑把四阿公的视线紧紧地拽住了！他先是一怔，继而两眼一花，头一晕，便栽倒在坟旁了。四十年的愧疚和羞惭，洪水般倾泻出来了！那块碑上写着：周阿其之墓！

为了不刺伤老人那颗受伤的心，几天来，村里人又遮又隐的事，还是被四阿公看到了！

四阿公的名字叫周阿其。

新中国成立前，四阿公为老蒋卖命，在小村做尽了坏事。十里八乡的人恨之入骨。新中国成立后，四阿公失踪了。村里人都说他必死无疑，是报应到了。大家一起凑钱买鞭炮放，热闹得如逢大节。我外公念其手足之情，悄悄地在乱葬坑挖一土坑，放入四阿公的几件遗物，埋之成坟，并立了一块小石碑。

有谁会想到历史也会跟人开玩笑呢？四阿公没死。在台湾，他成了拥有几家大饭店的董事长了。这次回来，他捐款五万美元，为村里铺路，通自来水，盖学校……

中秋节前一天晚上，四阿公让表婶准备了些酒菜，用篮子提着，拄着杖，颤巍巍地来到自己的坟头，忏悔自己的罪恶。老人呜呜的哭声，好悲怆好凄婉。表叔和表婶上前劝说："人好好的，坟，就平了吧。"

"不！"四阿公沉痛地抬起头。皎洁的月光下，他显得愈加苍老了。"那个阿其确实死了。就让他永远死在人们的心目中吧。明年，我要带着我的儿子、孙子来看他,让他们对他过去的罪恶深深痛恨!"

四阿公要走了。头天晚上,小村七十二户人家他一家一家拜望,一家一家祝愿。那天早晨上路的时候,村里人又像过节一样,买了几挂长长的鞭炮,炸了半小时,四阿公被震得流了半个小时眼泪。村小学的全体学生给四阿公送了一只孩子们亲手制作的精美花篮。我外公拍了拍四阿公的肩,嘴唇微颤着,半天没说出一个字来。大滴大滴的浊泪,滚出了眼窝,通过太阳的折射光线,上面分明是映着这样几个字:

快回来吧,这里,才是你的根!

宋青友进城去看病

宋青友是苏北农村的一个农民，四十岁左右的年纪。

那年冬天，他参加乡里组织的水利工程建设，在离家三十里地的小五河工地上扒河。这天，他正在河底用小推车推泥，活干得正来劲，忽然扭了腰，正蹲在地上哎哟哎哟地哼着，这时，他听到广播喇叭响了起来，刚好是天气预报。前面他没听清楚，只听喇叭里说："局部地区有雨，八千米上空……"他赶紧扔下推泥的小车，一扭一扭地向工程指挥部跑去，见到了工程队长，便急忙喊道："队长！队长！"

队长嘴里叼着自己卷的纸烟，不耐烦地站住了，皱着眉头，问他啥事。

"俺腰疼，要回家！"宋青友上气不接下气地说。

"回家？"队长莫名其妙，"现在各个生产队正是突击夺红旗的时候，你怎么能回家呢？"

"不是说要下雨了，八天不上工的嘛！"

"谁说的？"

"刚才大喇叭里才响的嘛！"他把"八千米上空"，听成"八天不上工"了。

"噢……"队长想,也许是上级新的决定吧,如果自己说不知道,岂不被宋青友小瞧了吗?于是,他装出早已知道的样子,挥了挥手,让宋青友回家去了。

从河工上回家后,宋青友腰疼得真厉害了。后来队长知道他腰有毛病,也就不要他去河工了。

腰虽然还是疼,但是他也没钱去医院,只好忍着。忍了半年,看看有点严重了,家里人一再劝说,宋青友这才决定到医院去看看。凑了点钱,就打算到县城众兴镇的大医院瞧瞧病。但他又没有路费也没有自行车,就打算走到众兴去,不就是六十里地吗?来到公路上,他见到车来车往的,心想:要是能搭个便车就好了。于是,他就厚着脸皮站在路边拦起汽车来。小车他不敢拦,只拣货车拦。拦了老半天,还就被他拦到了一辆,是一辆运煤的车。人家不让他坐驾驶室,叫他爬到车斗里,坐在煤上。宋青友可不在乎,只要有车坐就行!

运煤车拉着宋青友一路向众兴城驶去。

车到众兴后,司机早把宋青友忘得干干净净,一直开到一家煤球厂内才停下来。宋青友见车停了下来,伸头朝四周望望,见像个城里的样子,就准备下车。他刚要往下跳,忽然,连人带煤一块稀里哗啦栽了下来。原来,他搭的这辆车是自卸车,他哪懂得这个道理?连忙爬起来,忍着疼,赶紧走到车前。司机见他走来,他以为来找自己算账,没想到,宋青友却连连说:"司机同志,对不住了,俺下车太猛,把你的车给跳翻了!"

下了车,出了煤球厂,宋青友在大街上转悠了半天,也没找到医院。时值盛夏,酷暑难当,这时,他才感觉到又累又饿,口渴得要命,一时又找不到水。他有气无力地走着,偶尔一抬头,见一家

我要找幸福　　133

店铺旁边挂着"清水澡堂"的招牌，虽然他大字不识几个，但是这"水"字他还是认识的，便走了进去。见柜台上有一个男青年趴着打瞌睡，便拍了一下柜台，问道："喂，有水吗？"夏天是浴室的淡季，一天也难得有几个人来洗澡。男青年被惊醒，嫌他太讨厌，随手向后一指，又继续打瞌睡了。

刚巧这时澡堂里没人洗澡，宋青友到后面大池子里喝了水出来，走在街上，浑身上下舒服多了。走着走着，忽然他想到了自己的手巾忘了拿，便连忙赶了回来。到澡堂一看，手巾还在！宋青友心里很高兴，心里非常感激那个男青年，便凑了上去，拍醒了他，悄声说："喂，小伙子，你这水要赶紧卖！已经有馊味了！"

出了澡堂，宋青友摸了半天，眼看天晚了，才找到了医院，可是人家已经下班了。他舍不得花钱住旅社，只在医院旁边屋檐下将就着凑合了一宿。

第二天一早，他早早地进了医院，来到挂号处，挂了个一号，然后来到内科门诊室外面等。

不一会儿，医生上班了，在里面喊："幺号！"喊了几声，见无人答应，就喊二号。宋青友后面的一个妇女马上抢上一步，进了门。妇女出来后，医生接着就喊三号、四号，一直喊到十二号，还没有喊到宋青友。宋青友急了，挤到门口问："医生，怎么不喊俺一号哇？"

医生莫名其妙地望着他说："刚才我不是喊了好几遍了吗？"

宋青友急了，忙说："俺怎么没听到哇？"

"你是外地人吧？在我们众兴，幺就是一，一就是幺。"医生解释说，然后让他进来，问他哪儿不舒服。

宋青友道："一。"

"什么?"医生搞不明白什么意思,疑惑地问。

宋青友手指了指腰部,说:"我腰疼。你不是说一就是腰,腰就是一嘛!"

医生被弄得哭笑不得,问:"你的'一'怎么回事?"

叹 息

说的是老城区骡马街张奶的事。

这张奶六十开外，早年丧夫，拉扯一双儿女含辛茹苦地生活。女儿出嫁了，儿子张小爱结婚生子和张奶住一块，祖孙三代四口之家。张奶有点退休金，又在车站看守自行车收点钱补贴家用。张小爱从内衣厂下岗，没事就去车站帮母亲忙，媳妇在一个街道办的玩具厂上班，孙女婷婷上幼儿园。说起来，这样平平常常的人家，也没啥故事好讲，但张奶的家教威严，在骡马街却是出了名的。就说件小事吧。

这天上午，吃了早饭，媳妇上班，儿子送孙女上幼儿园，张奶洗涮了碗筷，提着篮子准备去车站。正锁门，她听见儿子的摩托车声音由远及近，抬头见儿子回来了。张奶就对儿子说："我去了。"儿子应了一声，骑着摩托车就进了院。张奶理了理头发，拽了拽衣襟，用舌头湿润了一下嘴唇，转身向菜场走去。她每天都是顺便从菜场带些菜，看车闲着时，就理理菜，手不闲着。走出没几步，张奶觉得不对劲，她好像看见婷婷也坐在摩托车上。就回头望望，见婷婷果然就坐在摩托车后面，正回过脸来望她，眼睛哭得像个小蜜桃似的，双手抱着她爸，小鼻子还一抽一抽的，屈得很呢。

张奶眉头皱了皱,折了回来。

"怎么没去幼儿园?"

老妈的脾气,儿子是了解的,张小爱怯怯地不敢望老妈。张奶提高了嗓门,又问了一遍。

张小爱抬起眼皮,望了望老妈,又瞅了瞅婷婷,气呼呼地说:"今天到幼儿园门口,不知怎么搞的,她就是不下车,怎么哄都不行,非要跟我回来。"

"那你就把她带回来了?"

"嗯。"儿子想躲过这样的境地,就过去擦摩托车。可是他心里紧张得很,手就有些抖,抹布掉了几次。

"你把她放那儿,自个回来不就行了吗?"张奶不满意自己的儿子,脸上愠色渐起。从儿子的神态里,她看出了懦弱寡言的丈夫的影子来,这使她心里很难过。这个时候,丈夫的影子仿佛真的就出现了,站在不远处搓着手,胆怯地朝这边望。

"她一个劲地哭,拽着我不让走,我也没办法。"儿子嘴里嘀咕着,听得出他的底气不足。

张奶放下篮子,对张小爱说:"那,你过来,我教你个法子!"她仿佛又看见丈夫正蹲到屋角处,畏畏缩缩地望着她,一副欲言又止的样子。

张小爱磨磨蹭蹭不肯过去,但不过去又不行,软抵抗一下,还是过去了。刚到张奶面前,未及站稳,张奶左右开弓,甩起两个耳光打过来,打得他晕头转向,身体直晃,忙用手捂住脸,不停地哼哼。嘴角的血傍着眼角的热泪,流了下来。

张奶骂道:"你他妈的活丢人,这么小的闺女就管不住了。还配做男子汉?怨不得厂里下岗先轮到了你!"张奶仿佛见自己丈夫

我要找幸福　　137

的影子从屋脚站了起来，冲自己笑了笑，如烟散去。

张小爱羞愧难当，无地自容。躲在他身后的婷婷却止住了抽泣，用衣袖抹了抹鼻涕，怯生生地望望爸爸，又望望奶奶，然后扯了扯爸爸的衣襟，声音低低地说："爸爸，我去幼儿园……"

张奶望了望孙女，又望了望儿子，嘴里哼了一声，拎起篮子，转身就走了。她走不多远，就听身后儿子发动了摩托车，突突突地从她身边驶过，上了淮海路。张奶看见渐行渐远的摩托车上，婷婷紧紧地抱住爸爸的后腰，小脸贴在他背上，乖得很。

张奶的心思飘忽起来：他爹，我要活下去！我要让孩子们活下去！

街坊刘大妈从窗户里隔着窗纱向外望，正好张奶走了过来。她听见张奶轻轻地叹了口气，让人不易察觉地用手抹了一把脸，又昂起头，精神抖擞地大步向前了。

中饭时，刘大妈和大伙说起这事，不住地咂嘴说："我住这条街二十多年了，今天还是头一回听到张奶叹气呢！"

众街坊唏嘘不已，深深地感叹一番。

房　客

　　娟子把整瓶的安眠药倒在左手心，望了望直冒热气的茶杯，想：等水凉些就吃下去，就什么烦恼都不存在了！她望了望桌上的台历，拿起笔想写些什么，可是笔在手里转了半天，一时又不知道写给谁。
　　死，是要有一定勇气的。娟子觉得自己的勇气还没到必死的程度。唉声叹气了一会儿。试试水温刚好不冷不热，娟子准备做出她人生最大一个决定，也是最后一个决定，就着温开水，把整瓶的安眠药吞下去。
　　娟子刚要吞药，忽听有人敲门，忙把药收进抽屉，站起来去开门。原来是房东刘大妈。娟子忙赔着笑说："刘大妈，真不好意思，房租钱我手头暂时没有，等等行不？"刘大妈不搭茬，转了个话题问："今天跑得怎样？有没有头绪？"娟子心里一阵酸涩，差点落下泪来，却又打起精神说："找到了一个银行的同学，有点希望了。"刘大妈这才放心，一屁股坐在娟子的床上，连说有眉目就好，有眉目就好。
　　其实，娟子心里苦得很。大学毕业了，却没找到个工作，自己家在农村，又没什么门路，带两千块钱只身到市里来跑保险，租住

在骡马街的刘大妈家,房租每月二百二十元钱。眼看快两个月了,钱都花完了,却连一份保单也没谈成。房租钱也没了。今早去找在法院工作的同学张小多,打算请他做个经济担保人,可那家伙硬是不念旧情,还没听完娟子的话就头摇得拨浪鼓似的,连连摆手说:"不行不行,我可不能把自己的饭碗给砸了!"娟子彻底失望了。但她还是强作笑颜别了张小多,心里恨恨地说:好你个张小多,我一辈子也不想再见到你了。

出了法院大门,她的大脑一片空白,迷迷糊糊地就回到了骡马街。

想到这,娟子伤心得要命。不争气的泪水还是滴落了下来。刘大妈见状,赶忙安慰她说:"姑娘,快别哭了,别哭坏了身体!慢慢来,没有过不去的坎!"刘大妈叹了口气,又说:"要是我有钱,就好了,也好帮帮你,你知道的,我那两个儿子,大的在徐州监狱里坐牢,小的呢,成天不务正业,在外面鬼混,老头子又半身不遂,躺床上几年了,你说这日子,难不难吧,可再难还是要过呀!"娟子想,刘大妈真够可怜的,日子也过得不容易,心眼又不坏,我要死,也不能死在她家里,给她家里添麻烦,也添晦气。

刘大妈走后,娟子带上安眠药准备出门。这时候包里BP机响了。谁找我呢,会不会是张小多同意给我担保了?还是看看吧。娟子赶紧打开BP机,屏幕上却显示的是"请换电池"。娟子苦笑一下,想,BP机还是留在刘大妈家吧,也好抵个房租水电什么的,就把BP机放进了抽屉。拉开抽屉,眼睛却被一张别致的名片吸引了,她就把这张名片一起带上,出了门。

在废黄河大桥下面徘徊,娟子拿出那张名片看了看。这张名片设计还是很有创意的,磨砂的表面,淡淡的绿色底纹给人一种无限生机的感觉。名片的边角写着：你的建议，我很在意。主人是一个叫章小蕙的女子。摸了摸口袋，还有几个硬币，娟子忽然笑了笑，她想在离开人世之前，跟自己开一个玩笑。就离开废黄河大桥，找到一个有公用电话的小店，照名片上的电话号码打过去。这是一个大企业女老板的电话，是一位熟人给介绍的。以前打过两次，一次是秘书接的，说女老板出国了，另一次没人接。没想到这次却通了，慌里慌张地，她把本来准备说的"我要去死了"临时改成了"您好，章总，我是章小娟，您的本家小妹妹！"章小蕙略显吃惊和疑惑。于是，娟子抹一把眼泪，进一步热情地推介自己。女老板"哦"了一下，让她第二天上午去她办公室。说过再见，挂了电话，娟子的心仍是扑通直跳，大口地喘着气，眼里含着泪花。

第二天，娟子满怀信心地去了章小蕙那里。她和女老板谈得很投机，女老板对娟子的谈吐和人品很欣赏，就做了十份保单，娟子收了两万元的保费。

后来，张小多也被娟子的创业精神所感动，主动为她介绍了几笔保单。随着接触越来越多，竟然产生了恋情，擦出了爱的火花。

半年以后，娟子搬出了骡马街，租住到北京新村了。她和刘大妈依依惜别，刘大妈握着她的手，不住地说："闺女，以后常来玩！"娟子就使劲地点头，灿烂地笑，出了低矮潮湿而又闭塞的骡马街，面对着车水马龙的淮海路，娟子看到满眼的喧嚣和生机，不由得来了一个深呼吸，五脏六腑里舒坦了许多。

忙忙碌碌的又是两年。娟子在富春花园新买了房子。在装修得富丽堂皇的新房里，娟子和张小多商量着写请帖。写完一份给章小蕙后，她忽然想到了骡马街的刘大妈，就写了一份请帖。张小多忙说："应该，应该。"写好后，娟子一下子伤心起来，心想：当初自

我要找幸福　141

己最绝望的时候，要不是刘大妈敲门进来，哪来的今天！

　　第二天，娟子和张小多一道兴冲冲地骑摩托车赶到骡马街时，不由得呆了，骡马街已被拆得一片狼藉，残砖碎瓦，断墙塌屋，推土机轰轰隆隆，热闹而繁忙……

　　娟子捏着写给刘大妈的请柬，无助地望着张小多，张小多无奈地望着娟子眼里的泪花……

一件蠢事

说起来不怕你笑话，前几天我做了一件蠢事。

不知道你有没有这样的感觉，现在的年轻人比我们那会儿早熟得很，眼下，对于年轻人来说，谈论最多的话题和做得最多的事莫过于"谈恋爱"了。要是正常的恋爱倒也罢了，他们的恋爱不是这样，而是不负责任地互相抱着玩世不恭的态度。这不，我那宝贝儿子，才十六岁，正读初三呢，现在也时髦起来，跟邻居家那个长得像妖精似的小珊珊也"自由"起来了。

当然，这是好多年以前的事情，现在我孙子都十六岁了。那是二十世纪九十年代的事情，比较遥远了。

当时，我单位里事情比较多，孩子他妈又到外地进修，没时间过问孩子的事。那一阵，小珊珊三天两头地朝我家跑，样子挺神秘的。起先我并没在意，认为不能管得太宽。在家庭里应该形成一个民主的氛围，这样，对于孩子的健康成长是有帮助的，你说是不？

可是，后来我渐渐发现事情有些不妙：我儿子最近总是魂不守舍的，以前放学回家很少外出，现在放学后家里就见不到他的影子。而且饭也吃不下去，总是三口两口就刨完了，饭碗一推就走人。我透过窗户往外一看，小珊珊在等着他呢，两个人说说笑笑地

我要找幸福

就走远了。出去就出去吧，还把我的照相机也拿去了，这是想留下青春的记忆？

我越想越不对劲，这不是在搞对象吗？到哪个公园潇洒去了？得好好管一管才成，否则，儿子考高中就成问题了。我曾经打算跟踪他们，但是又没有足够的时间。

这天晚上，我在单位加班，回来很晚。到家时已经十点多了。我打开门，见客厅灯光雪亮，却不见个人影。正疑惑间，忽然听到儿子的房间里传来小珊的声音："好了吧？"

"快了。"我儿子的声音。

"注意，要小心！"

这是？我的妈呀！我两眼发黑，双腿直抖，两只手直哆嗦，经常早搏的心脏跳得更快了。我三步并作两步，一脚踹开儿子的房门，大喊一声："两个狗东西，都给我滚出来！"

屋内乌漆墨黑，随着房门大开，外面的灯光也跟着我一起冲了进去，儿子的房间一下子亮堂起来。我把屋里的灯打开一看，原来，两个小家伙在冲洗胶卷呢。

儿子见我进来，先是一怔，然后大哭起来，往床上一倒，不省人事。

小珊珊见了我，也是先一怔，她恶狠狠地瞪了我一眼，气呼呼地走了。我见她的眼里噙着泪花。

你能猜到发生了什么，但是你猜不到这件事情的严重性。他们俩都是学校文学社的社员，这几天，学校从外地请来三位知名作家来校搞讲座，他俩负责拍照片，后期，这些照片将用在学校做的一个专辑上面。

整整一卷胶卷，全曝光了，就是作废了！

我像个傻子,站在那儿,耳朵里只听到墙上的挂钟秒针走动的声音
——嘀嗒,嘀嗒,嘀嗒……

小镇税务官

你，小镇上第一个科班出身的税务官。人还没到岗，小镇的街街巷巷，便有你的模样从男女老少的嘴里自豪地涌出：老爷子们希望你厚实，青年人说你清瘦，中年人描绘你有头脑，老太太们则认为你该戴个眼镜，而女孩们则幻想你潇洒、帅气……

大学生，对于小镇来讲，太神秘了，因为小镇到现在还没有荣幸地拥有过大学生。不过，有一次，小镇差点得到一个，是本镇的农家子弟桂生，考上了南开大学。小镇为他躁动了一个月。临走的时候，小镇用锣鼓送他踏上求学之路。老镇长拉着他的手说："桂生伢子，毕业后，可莫忘了家呀……"桂生听后，就使劲地点头。

然而，当最后一个暑假要结束时，桂生从城里带来个塑料花般的姑娘，两人手挽手在小镇转了一圈。走后，便再也没回过。

小镇人都骂那女子是勾魂的妖精，把本来该属于小镇的大学生给勾走了……

这事，至今，小镇人还记忆犹新。

你来了，小镇人用喧闹的锣鼓欢迎你，用热烈的鞭炮拥抱你。乡情浓郁，而你不为所动，你脸上的严霜，洒在小镇人疑惑的脸上。

上任第一天,你便穿上制服,以一种新的姿态走进小镇人的瞳孔,加进了小镇的风景里,定格成一种凉冰冰的化石,与小镇格格不入。

你的眼里充斥了威严,和你的年龄极不相称。你对小镇泼洒着情绪——

"税!税!税!"

小镇心惊胆寒。你的故事从小镇人的嘴里悄悄溜出,压得小镇东颠西簸。

小镇人摇头叹息,小镇人无可奈何。人心,是伤不得的。小镇人对你的那股热切的情,淡了。

晚上,走进只属于你的那间屋里,你鼻子就酸酸的,头脑里泛起一个女子的音容,拂也拂不去,便用被子捂了头,呜呜地哭……

后来小镇人知道了:你成绩很好,本该分在省城的,却被人顶了。小镇人便骂那人。接下来小镇人却又有点感激那个人。不然,你就不会到小镇了。

后来,小镇人又知道,你女友分在省城,指望你很快就能调回去。可是,两年的时间悄悄离去,随着上调的事儿泡了汤,她也和你终止了罗曼蒂克。更为让你不能容忍的是,她投进了那个顶替你的人的怀抱。

躺在小镇旁的废黄河滩草地上,你狠命地抽烟,心里就开始骂自己无用,骂自己窝囊。

小镇人知道,小镇人默不作声。小镇人又把爱抹在眼里,坦诚地洒向你……

感情的折磨太苦了。

你病了,病倒在这举目无亲的小镇。部队转业的老所长把你送进镇医院，整天陪着你。老所长那红肿的眼睛，让你想起了死去的老父，你心里就酸酸楚楚。如果在省城，陪伴在身侧的也许是那个女子，而且会有许多同学和老师关心你、看望你。而眼下……

两行悲凉的清泪伴你走进了梦乡。醒来时，你两眼一睁，就看到眼前的许多人——

卖五香茶叶蛋的张大妈来了；

卖萝卜丝馅儿饼的翠姑来了；

纺织厂的厂长马二猛来了……

纳税时，你曾狠狠训过他们，此时……

咦，那一位是谁？揉了揉眼，似乎更模糊了——

那不是镇长吗？身后的那个，可是镇团委书记许静？她的眼神咋这般关切？

你的眼睛湿润了，甜甜的心潮慢慢涌动，成一种永恒的画面。你缓缓地握住镇长的手，泪珠滚滚滴落。

你无言，但小镇人都能从你的眼里读懂你的语言——

小镇，多好！

你的故事在这儿停顿了一下，情节还要发展下去，未来等着你去描绘。你，会好起来的！

风从窗外探进身来，温柔地拂着熟睡的你，也拂着陪伴在你身边的镇团委书记许静。

闪小说：红尘笔记

迷 茫

我遇着了一位漂亮的小妇人。

那天，是一个明媚的午后，在一个美丽的居民住宅小区里，我遇见了她。

当时，我骑着自行车行驶在那个美丽的小区内，见前面有一个小妇人两手抱着一只大纸箱，大箱子上面又放着一只小箱子，小箱子上面还有一只网兜，里面是些青菜萝卜之类的。小妇人费劲地向前挪行。因此，虽然她的背影很迷人，但行动的姿势却缺少美感。

骑到她跟前，我停下车，微笑着对她说："我来帮你搬一下吧！"对一个陌生女子，我知道这样做是唐突了些，但这是我诚心诚意的善举。

那小妇人停下脚步，望了望我，又望了望我空空的自行车后架，忙不迭地说："好哇好哇，谢谢！谢谢！"我这才看见她的脸，她一脸的笑意，挺迷人。

我停好了车子，打算先帮她一起把东西放到地上，然后再从大到小依次放到车架上。我甚至想到把那些青菜萝卜之类的东西放在前面的车篓里，因为车篓里也没啥东西。

小妇人把东西都放下来，喘了口气，脸颊上细密的汗珠沤了开来，脸蛋就显得红扑扑的，不仅很迷人，而且容易使人对她产生怜香惜玉的感觉。

我真的怜香惜玉起来，带着埋怨的口气说："这东西怎么要你搬，你家先生呢？"

小妇人笑了笑，没说话。

我正准备往车架上搬东西，小妇人忽然又想起什么似的，再次望了望我，又望了望我的自行车，然后坚决地说："不，不要你搬！我不认识你！"听得出，她有些惊恐，声音很大，大概是想引起路人的注意。

我一时转不过弯来，只好傻笑笑，拍了拍手，证明我没有顺手牵她的"羊"，尴尬而无趣地骑上自行车，自顾自走了。我的车速很慢，影子一样绕在小妇人前面，同时心里思考眼前的事儿。

我的心里先不是滋味，后来就有一丝快感。我回头望了望待在那儿的小妇人，冲她笑了笑，这才真的走了。

我见那小妇人一脸的惊恐与迷茫。

天，就要下雨了，我得快走。

前　妻

第二次离婚后，他打了个电话给他的第一任前妻。

当初，仅仅因为谁管钱的这件小事，他们闹开了。闹到最后，他们到民政局花六块钱"买"了一张离婚证书，然后散伙。

三年了，他和第二个妻子已经生活了一年多，但无论如何，总找不到带给他初恋的前妻的那种默契的感觉。因为前妻仍一个人生活,所以,他决定把第二次离婚的事告诉她。

"离婚证拿了吗?"前妻问。

他有点感动,她还是关心他的。看来,复婚还是有希望的!

"拿了!拿了!拿了!"他连忙说,并且加重了语气。

"哦——"前妻似乎有些吃惊,但紧接着就问,"手续费多少钱?"

这是什么意思?

"二十块。"他还是说了。

"哈哈哈哈!"电话那头当即传来一阵盈利般的笑声,炸得他耳朵疼,接着就是讨了不少巧似的声音,"我们当时比这便宜多了!"

这是他曾经很熟悉的声音!

挂了电话,他的心里一阵酸涩,眼前一片迷茫。

补 药

夏天,刘诗人带着新婚不久的妻子从关东回苏北泗阳县屠园乡探亲。在泗阳县城下车后,刘夫人买了两串葡萄,孩子似的边走边吃。她剥了一粒塞到刘诗人嘴里,惹得进城赶集的村妇们哧哧直笑。她对刘诗人说:"我吃一串,留一串给你妈吃。"刘诗人笑了笑,他想起文友木点住在县城,就和妻子一块去拜访。

在木点家,刘夫人把葡萄放在茶几上,吃起了苹果。临走时忘了拿葡萄,到了屠园老家才想起,刘夫人懊悔得直跺脚。

从老家回到泗阳准备回关东,已是十天后的事了。到木点家小坐,刘夫人问起了葡萄,木点说:"你们走后,我们也没舍得吃,挂在了屋檐下，"木点手一指说，"这不，已经快风干了。"刘夫人伸过头一看，屋檐下，果然就挂着一串要干没干的葡萄。刘夫人说要带走，木点就取下葡萄，小心地包好，放在茶几上。

走时又忘了拿。木点把刘诗人夫妻送上车后才想起，刚要说，没想到刘夫人也想起了，两人几乎同时说："你看，你看，葡萄又忘了！"但是已经来不及了，车子已经开始启动。

两个星期后，木点收到刘夫人的信，说了一些感激的话，又提起葡萄一事，说葡萄差不多要干了吧，请木点把葡萄干寄到关东。木点把葡萄干包好，然后用特快专递寄到了关东。刘夫人收到葡萄干后，又把它寄到了屠园，这才松了一口气，对刘诗人说："这串葡萄总算到你妈手上了。"

半个月后，刘诗人收到母亲从老家托人写来的信。信上问：上回寄来的是什么补药？

考　验

淫雨霏霏，像牛毛一样，撩得我浑身麻酥酥的。

我打着雨伞，带着一个温馨的回忆。

临出门，女友偷偷给了我一个吻，我的腮边便留下她香甜的唇印。我想回敬一个给她，可她却伸出水一样的手，捂住了我的嘴……

死丫头！

"不许你看别的女孩！"她噘着嘴，玩笑似的。

"知道了，还不行吗？"

她纯真的笑，便永远刻在了我的脑海中。

前面一个漂亮的女孩。黄蝙蝠衫，红马裤，披肩乌发，瀑布一般飞泻而下。

可惜见不到面！如果画一张速写的话……我又犯起了不可救药的职业病。

我还是绕上前去。

"啊，是你！"天哪，竟然是我的女友！

可她不是一直编着长辫子的吗？

"比我漂亮是不是？"她由玩笑变得严肃，"生活是多姿多彩的，人也是千变万化的。作为画家，就该捕捉生活中的美。"

这个死丫头！

招　聘

食为天饭店就要开业了，但厨师还是没有落实。前天谈妥的一个大厨，因为老婆生病住了院，不能来了。她又把招聘广告放到门口，两天了，仍然无人前来应聘。可是，开张的日子早就定了下来，请帖都已发了出去，这下，可把刚下海的老板吴静给难坏了。

吴静烦得很，心想：自己怎么就这么不顺呢？本来在单位干得好好的，而且是业务骨干，市里的"三八红旗手"，忽然就被通知下岗了。下岗也不是什么要紧的事，挺一挺，总没有过不去的坎。可屋漏偏逢连阴雨，丈夫又在外面包了小秘，并且弄出了问题。那小秘要和他结婚，丈夫不同意，她就要死要活地闹。没法子了，权衡再三，丈夫决定和吴静离婚，和小秘结婚。小秘转了正，成了他的合法妻子，也就温柔多了，也不闹了。这样，吴静在婚姻上也

我要找幸福　　153

"下了岗。"吴静打掉牙往肚里咽，硬是没掉一滴泪。而眼下，求哥拜姐地好不容易凑来五万块钱，历经辛苦开了这个店，厨师却又成了问题。

想着想着，泪就无声地落了下来。

正愁着，门前来了四女三男，说要见老板。

吴静接待了他们。

他们自称是市区一家大酒店的厨师和服务员，因为薪金和老板弄僵了，准备明天来个集体跳槽，给那个老板来个毁灭性的打击，治他个措手不及。并说，他们如果能到食为天，一定会好好干，让老板满意，云云。

吴静平静地听他们说完，问他们现在在什么地方干的。那伙男女告诉了她。

吴静这才把脸色一撂，说："对不起，我们饭店不需要你们这样的人！"

领头的厨师说："你的招聘广告不是贴在外面，要招厨师和服务员的吗？我们已经看了好几天了，这些我们都有哇？"

"你们这样做，对以前的饭店是不道德的，有什么事都可以坐下来好好谈谈，"吴静说，"我也怕你们哪一天会对我来这一手！"

一伙男女灰溜溜地走了。

吴静坐在办公桌前，喝了口茶，想了想，从包里摸出手机，拨通了那个大酒店老板的电话。

这个号码她熟得很，因为，老板是她的前夫。

广 告

一友，平日懒散，游手好闲。

一日，边嗑瓜子边溜达。见电线杆上新贴一广告，围观者众。伸头一看，大为惊异。广告上白纸黑字：谁来发这笔财？寄款十元，告诉你一个秘诀，三个月内，保君腰缠万贯……

友立即找我死皮赖脸地借去十元钱，照地址寄去。并在附言内写几句短语，言辞切切。是夜，月黑风高。友悄悄来到那根贴着广告的电线杆前，瞅着四下无人，把那广告一点点撕了去。乃恐再有别人看到，增加竞争对手也。

苦苦等待。友恨不得插翅飞去。

一个月余，终有回音。迫不及待地打开信封，抽出一看，友不禁跌坐于地，昏然于街。

纸上写着：某某，谢谢你的合作！请照我的办法去做，祝你好运气……

赌　徒

赌徒阿三在临村赌了大半夜，最后输个精光，在天有点麻麻亮时开始往家里走去。一路上还盘算着牌桌上的失误。到了村口，有人喊住了他。抬头一看，是个不认识的外乡人，推着自行车，旁边的地上有一个麻袋，里面不知装的啥，鼓鼓囊囊的一包。那人上前递过一支烟说："兄弟，帮个忙，帮俺把麻袋抬上车子。"阿三接了烟，点着后猛吸一口，浑身便来了精神，问外乡人麻袋里装的是啥东西。外乡人说："家里的猪，杀了到县里卖给饭店的。"阿三点点头说："怪不得这么沉。"抬上了车，阿三道一声"走好"。外乡人连声称谢，又递给阿三一支烟，阿三接过来夹在耳朵上。阿三到家后，坐在床沿抽那烟。抽完了又从耳朵上摸下另一支对好火。这时女人用脚蹬了他一下说:"阿三,刚才你回来前我好像听到猪哼了一声,你到猪圈看看。"阿三说:"没关系。"女人不让,说:"去看一下吧,刚才我一个人不敢去。"阿三说:"好吧好吧,我这就去。"但却没动身。等烟吸完了,阿三来到猪圈一看,大吃一惊:圈里哪还有猪的影子!这时候天已大亮。阿三一家辛辛苦苦省吃俭用喂的一头二百来斤重准备过年和还债的猪此时只剩下地上一摊已经凝固起来的血了!阿三折身来到屋里,从被窝拎出女人,啪啪就是两耳光,骂道:"狗日的,睡死觉!猪没了!看过年不把你杀了吃!"女人吓得一身冷汗,从被窝里一下子蹿起,只穿一件裤头,顾不上穿鞋,赤脚跑到猪圈旁,看到空空的猪圈和地上的一摊血,一下子跌坐在冰凉的地上,哇的一声哭开了。阿三这才想起在村口看到的那个外乡人,嘴里骂着,便推起自行车追了出去,一路上他脑子里始终想着,这狗日的贼用什么点子让猪不声不响地被他宰的呢……

画　像

军阀混战的那阵子,有一个独眼县长找人画像。

第一个人碍于县长权势,不敢把县长的真面目画出,结果画出一幅英俊潇洒之男子形象来,县长那只瞎眼,也炯炯有神采也。县长大怒,以为此人有意嘲讽于他,派人杀了他。

第二个画师吸取第一个画师的教训,来了个大写实,画出一幅逼真的像来。县长的独眼也毫厘不爽地被画出。县长亦怒,也杀了他。

县长让人张榜广而告之,只要画出让县长满意的像来,愿付重金。但是，有两个被杀画师在前，画匠们没有长着两个脑袋的，谁也不敢去冒这个险。

我爷爷自告奋勇欲去，家人苦劝不让前往。爷爷笑曰："没事。吾画好像后，县长必赏吾也！尔等准备领赏吧！"

到县长后花园，我爷爷让人于五十步外的一棵树上悬挂一只葫芦，让县长持弓做射箭状。县长莫名其妙，但还是照我爷爷的话做了。爷爷留神观察。县长持弓箭立于烈日下久了，腰酸背痛，头晕眼花，几次欲发作，均被我爷爷微笑曰"就好就好"而制止。又一袋烟工夫，爷爷画好了像，交给了县长。

县长接过画一看，大悦，忙让人取大洋若干相赠。

原来，我爷爷画县长正在瞄准射箭，那只瞎眼，正好做紧闭状，而好眼则炯炯而放神采也。

认　字

咖啡馆里，一男孩向刚刚认识不久的女孩说："我写我的名字，你认得吗？"

女孩说："不知道，"又感兴趣地说，"你写写看。"

于是，男孩就拿出笔和纸，写了两个字，递给女孩。

女孩看了半天，也没有认得。只好摇摇头，说："认不得。"

男孩自豪地说："不要说你，我上学从小学到初中，刚开学时没有一个老师能叫上我的名字的。"

女孩起先不好意思，听到这，多少得到点安慰。

男孩又说："每次开学点名时，到最后，老师都喊，还有谁没点到名？我就站起来。老师就问，你叫什么名字？我便告诉老师。

老师于是皱起眉头,飞快地在本子上记着什么。"

女孩觉得挺好玩,听得很认真。

"可是,"男孩说,"后来到高中时,老师就认得了。"

女孩又好奇起来:"那怎么回事?"

"你猜猜看。"男孩耍个小花招,卖了个关子。

"老师查了字典了吧?"女孩问。

"不是。"

"那……"女孩想了又想,说,"那就是高中老师水平高!"又肯定地说,"对,一定是!"

"不是。"男孩更得意了。

"那……"女孩鼓起嘴说,"我猜不到。"

"那个高中老师是我爸爸!"男孩说。

梅 子

那时,村子里有一个南京来的女知青,叫梅子。

一天,队长让她到公社办点事,要到半夜才能回来。村里有个游手好闲的二流子,叫顺子,癞蛤蟆想吃天鹅肉,想跟梅子好。可清水出芙蓉般的梅子,哪会把他放在眼里?

于是,顺子就气。但又不能明气。

这天,顺子知道梅子到公社要很晚才回来,心里一阵窃喜。天黑下来后,他到离村不远的三岔路口,捡了一张烧给死人的破芦席。这张芦席没有烧完,可能是烧着烧着天下起了雨,所以,只在中间烧了个洞。顺子趴在芦席底下,头从席子中间的洞里伸出来,狗一样伏在那儿。

这三岔口是梅子回村的必经之地。

远远地，有人走来。顺子感觉到是梅子的脚步声，紧张得手心都淌出了汗。他心里泛起一阵阵兴奋，想象着梅子被吓着的样子。到时候……黑夜里，顺子费劲地瞪着一双发涩的眼睛，心里美滋滋的。

顺子舔了一下从嘴角渗出的苦中泛着酸臭味的口水。眼见着梅子到了跟前，顺子顶着芦席像一只巨兽一样一下子站立起来。

顺子满以为梅子会被吓着。

顺子等待着他算计好的机会。

没想到，梅子只是冷冷地问："哪一个？"

顺子目瞪口呆。

半天，顺子才反应过来，放下芦席，问梅子怎么不怕。

梅子捋了捋刘海儿，淡淡地说："有啥怕的，站起来能动的，不是人就是畜生罢了！"

夜行女孩

曾经有一个女孩，下了夜班骑着车子往家去。骑着骑着，无意中一回头，见身后有个男青年，鬼头鬼脑的，也骑着车子，不紧不慢地相随。

女孩大骇，心里如揣着十五只兔子，七上八下地乱跳。

女孩急中生智，眉头一皱，计上心来。她拐了一个弯，朝与家相反的方向急急骑去。那男青年见状，也急急地追来。女孩又拐过一条街，便到了公安局大门前。她停下车子，站在那儿，微笑着向男青年举手相邀。等男青年到了跟前，女孩指了指公安局的牌子

我要找幸福

说:"喂,朋友,感谢你一路相送!我到了家,怎么样,到我家坐下好好聊聊如何?"说着,又冲着院子里喊:"三哥五哥,有客人来了!"

男青年一看公安局的牌子,吓得没了章程。又听女孩三哥五哥地大喊,三魂早丢了两魂半,扭头而遁。

女孩这才舒了一口气,掏出手帕擦掉额头上的汗珠,掉转车头,急速向家里骑。

钓 鱼

某名人开专车到D乡W村养鱼专业户木点的鱼塘钓鱼。W村主任受宠若惊,头天晚上就和木点打了招呼。现在又准备了凳子、香烟、汽水等,唯恐招待不周。木点也热情相待。

名人钓了两个多小时,浮儿也未见动一下,不免心烦,不由得气恼,便驱车而回。

木点大笑。村主任瞪了他一眼,并赠了他一老拳,问他笑什么。木点便不笑了。

原来,昨儿个木点得到消息后,夜里起来把鱼喂了三个饱。故而。

王老太的逻辑也许是对的

×市市长刚到任,便碰上了廉政建设的热潮。当参加会议的局长部长们陆续进了电影院后,发现新市长早已坐在主席台上了。此时他正忙着看手头的一份文件,不时在上面用笔批着什么。

这是新市长上任后第一次主持市区县处级干部大会。大会在轻松的气氛中结束了。人们又陆续走出电影院，各自走向自己的专车。有几位局长和新市长打招呼，意思是邀市长一道走。市长摇了摇头笑着说："你们先走，我有车。"

看车子的王老太今日太清闲了。她数了一下轿车，八十七辆！

市长最后一个走出电影院，来到靠近厕所的墙角边，推起一辆半旧的自行车，很熟练地跨了上去，走了。

王老太心想：这一定是个没有"官瘾"的人。

心理倾斜

一光棍汉贫困潦倒，邻妇多方资助，相处极好。街头兴起摸彩，光棍偶一试之，恰中彩电一台，大喜过望，妇人亦为之高兴，劝光棍趁手气好，再摸一次。光棍又摸，又得特奖：两万元！妇人也摸了几次，然皆悻悻而归，无有所获，只是家中多了些毛巾肥皂，便恨光棍，光棍赠之若干钱物，皆不受，更恨之。后光棍娶一老婆，年轻貌美，妇人愈恨之。

一日，光棍家遭窃，失彩电一；祸不单行，妻又遭车祸。妇人心理平衡了许多，安慰光棍不要难过，嘘寒问暖，和好如初。后小偷被抓获，彩电追回；妻也无事出院，健步而归。妇人便整天心闷，不能多食，夜不能眠……

光棍见了妇人，欢喜之余又迷惘了。

你的老婆是谁的情人？

情人节前夕，吴渭清在一次以男人为主的饭局上，听着几个人眉飞色舞地谈论着自己有多少个情人。其中一个更是得意扬扬地说,就连某某的老婆也是他的情人!

众皆哗然——这位显然是喝大了。

不料,吴渭清冷不丁地问一句:"请问,你的老婆是谁的情人?"

一时冷场。

那人瞬间酒醒,脸色由红赤转为灰暗,额头似有细汗渗出,抖着手点着一支烟,深吸一口,起身拂袖而去。

众人索然无味,有人低头不语,有人顾左右而言他,有人借故离席。

吴渭清静坐,如若木鸡。

半天,木鸡自饮一杯,笑一声,叹口气说:"唉,伤疤,是怕人揭的。"

他的小攮子,给到处炫耀有情人的男人的小心脏,刺了一家伙。

乘务员

乘火车,从长春去哈尔滨。车内温度21℃,把臃肿的外套悉数脱去,只穿一件羊毛衫,还感到热,温暖得像初夏;车外-21℃,冰天雪地,正是"北国风光,千里冰封,万里雪飘"的景致。

一行人无事可做,凑几个,打一种源于我们淮安的叫掼蛋的扑克牌游戏。边打牌边嗑着瓜子,吃着水果。

还算文明,瓜子壳橘子皮之类的,放茶几上的水果盘里。

我们坐的13号车厢,乘务员是一个年轻的小伙子,高高的个儿，壮实，标准的东北人模样，只是一脸的青春痘。他是我们此次东北行在列车上所遇到的最勤快的乘务员，几乎是每十分钟就要清理一遍我们这样的乘客制造的垃圾。清理完一遍我们这些垃圾制造者的"作品"，他就开始拖车厢的地板。

在他又一次到我们跟前拖地板的时候，他做了个手势，让我们把靠窗户的果盘递给他，他好清理，因为果盘在里面，他够不着。我们抓牌正在热热闹闹地进行，就说："等一会儿，等我们牌抓完再说。"

没想到，他忽然变了脸，啪的一下，用手把牌给捂住了，生气地说："不要抓牌了！你们根本无视我的存在！"

惊愕，写在我们每个人的脸上。我们先是惭愧，然后立即把水果盘递给他。

小伙子清理完垃圾，也不言语，只是拿眼睛扫众人一下，又去清理其他的地方了。

大伙仍旧打牌。

但是，牌打得却明显没有以前欢了。吃瓜子的没了，吃水果的主动把果核送到洗漱间的垃圾桶里去了。

在从长春去哈尔滨的列车上，13号车厢的这个小伙子，他虽然只是一个普通的乘务员，却给我们上了一堂生动的课。

他让我们知道了对劳动的尊重，对别人和对别人工作的尊重。

名 字

接 明

我的一个同事叫接明。

他这个姓比较少。以前跟我外出，向别人介绍时，我说他姓接班人的"接"，明白的"明"。

别人思维好像停顿了一下，脑子想了半天，疑惑地问："有这个姓？第一次听说！"

我心里说：你没听说过的事多着呢！

后来，再介绍他的时候，我干脆告诉别人：他叫接明，接客的"接"，明天的"明"！

这回好懂了不少，没人再追问了。

有一回，单位在一家宾馆做职称评审，我们工作人员需要在宾馆吃住三天三夜。每次在餐厅用餐后，都是我去签字，餐厅人都认识我了。

最后一顿饭，我不在，饭后接明签了字。

活动结束后，宾馆来结账，拿着一堆的票据，和我一张一张对账。

最后，宾馆负责结账的小马为难地说："主任，每张单据上都是你签的字，可是还有一张，事由写着是你们职称评审的，可是却没人签字，怎么办呢？"

我接过来一看，是接明签的，就问："这不是有人签吗？"

小马伸过头看一下说："上面只是写接着明天一起算，可是，你们当天活动就结束了呀？"

我先是一愣，马上明白了，她把"接明"的签字当成"接着明天一起算了"。

我脸一冷，说："有人签字的我都认账，这个没有签字的我不能认账！"

说完，忍不住笑了起来。

后来，"接着明天一起算"，就成了接明的外号。

谢　谢

我有一个同事姓谢，她父母都姓谢，于是给她起了个名字：谢谢。

从小到大，这个名字不知发生过多少有趣的故事。

上小学时，她有一次扶老奶奶过马路。过了马路，老奶奶慈祥地问："孩子，你是附小的吗？"谢谢说是。老奶奶说："真是好孩子，你叫什么名字？"谢谢回答说："谢谢。"老奶奶说："咦，你这个孩子，你做好事我要感谢你，怎能还说要谢我呀？"谢谢心里说坏了，越解释越啰唆，赶紧和老奶奶挥手再见了。

工作多年后，谢谢到一个新单位做领导。

单位的招待工作都安排在一个固定的饭店里，每回都是由办公

我要找幸福　165

室的人负责签单,单子攒到一定时候,饭店一起到我们单位结账。

有次,外地来客人,办公室人出差不在,饭后服务员请谢谢签字。

谢谢在服务员拿过来的菜单上随手签上自己的名字,对服务员说一声"谢谢"。

服务员连忙说:"不客气!"

出了饭店,谢谢刚走不远,就见服务员追了上来,请她停一下。

谢谢站住,不解地看着服务员。

服务员气喘吁吁地追到跟前,擦着额头的汗说:"领导,你不能只表扬我们,却不签字呀!"

谢谢知道服务员误会了,忙说:"没关系,我就是谢谢!"

服务员急了,连声说:"你这个领导,尽跟我们服务员玩,哪有只感谢不签名的呢!"

谢谢笑了,说:"小姑娘,我的姓名就叫——谢——谢呀!"

朱　芮

我有一个文友叫朱芮。

原来不叫这个名字,叫朱睿。

后来,据说是她父母找了易经大师改成现在的名字。

肯定有原因的,只是我不知道而已。

她的名字也有些意思,"芮"字有许多人不认识。

一回她感冒到门诊挂水,挂了号坐在椅子上等候护士喊号。

朱芮拿出一本新到的《诗刊》在读,边看边等护士叫她。

诗歌爱好者朱芮，看着一首首诗歌，很快进入艺术氛围之中，一副沉醉的样子。

护士兑好了药水，出来喊朱芮挂水。她不认识那个芮字，以为读"内"音，高声喊："朱内！挂水了！"

朱芮依然沉醉在诗歌的美好氛围里，根本想不到护士喊的这个人和自己有关。

护士见没人答应，心里纳闷，是不是自己喊错了？难道这个字读"丙"？于是就高喊："朱丙，朱丙，挂水了！"

朱芮自然还是不会明白这是喊自己的了，还在看着诗歌，沉浸在"面朝大海，春暖花开"的景象中。

见还没有人答应，护士想，难道读"肉"？她不想承认自己喊错了，有点不高兴，大声喊："朱肉，朱肉，挂水了！"

"猪肉挂水了？"朱芮一听，也奇怪了，是不是喊自己的？她记得，以前有个小学老师曾经喊过自己"猪肉"，于是，赶紧站了起来，说："我在这儿！"

护士终于知道自己喊对了，生气地说："朱肉，你咋半天不吱声呢？"

朱芮怯怯地说："我，我这不是吱声了吗？"

李生弓

我有个同事原先叫李生公，外省人，他弟弟叫李生廉。

他们的父母都是小学语文教师，为他兄弟俩起这个名字，用的是"公生明，廉生威"的古意。

李生公上学以后，别人总喊他"公公"，他不明白什么意思。

上初中后他明白了,"公公"是太监的意思。呃,原来自己一直活在别人的笑话里。他就把名字改成"李生弓"。他爱看《射雕英雄传》和《神雕侠侣》。

他是个好开玩笑的人。

如果有找他办理公务的美女问他要手机号,他总是色色地望着人家,甜言蜜语般轻轻地说:"你记一下呀,要我要我,爱吧爱吧,洞洞幺!"

对方好像是被性骚扰了一下,脸蛋一阵发烫,但是一下子就记住了他的电话号码:1515,2828,001。

结婚后,李生弓有了个孩子,是个男孩。

后来国家放开生二胎了,他们夫妻俩想要个女孩,结果呢,生下来还是个男孩。一儿一女,儿女双全的计划落空了。

再后来,国家放开生育,可以生三胎,甚至生四胎也可以了。他响应国家号召,准备再要一个孩子。

这回,夫妻俩又眼巴巴地盼望,他们多么想生个女孩啊。

结果,还是男孩!三个儿子了。

我有点同情他,问:"小棉袄和酒坛子计划又落空了,还打算生吗?"

他说:"算了,我老爸把我名字起错了,再生还是男孩。"

我没反应过来,在琢磨着他的名字。

他说:"呵呵,李生弓(公)李生弓,只能生公的,不能生母的!"

后来他工作变动,调出了我所在的单位,我有一阵子没看到他了。

有天我们在一个别人组局的饭桌上相遇,他悄悄地告诉我说:

"老婆又怀上了。"

我心里一惊，不由得脱口而出："'四郎探母'？"

李生弓哈哈大笑，笑出了眼泪。

你是我的眼

城西的柳树湾，风景旖旎，花香鸟语。栈桥上，一个三十岁左右的青年，扶着栏杆，望着汤汤的古黄河水不知疲倦地向东流淌，心潮澎湃。

一个少妇带着五六岁的女孩，从他旁边经过。孩子对妈妈说："妈妈，叔叔哭了！"

他一惊，赶紧伸手从口袋里摸出纸巾，拭擦着眼角。

妈妈带着孩子，小心地从他身边走过，脚步轻轻，生怕惊醒一个梦。

是的，他哭了。他的眼里浮现出一个人来，一个如花似玉的姑娘，浅笑嫣嫣地走过来。他揉了揉眼睛，却发现只是一个幻觉。

她走了，永远地走了，走到另一个他所不知的世界。

他的老家在福建。七年前，他从河海大学毕业，应聘到淮安这座城市工作。

他父亲的一个同学在这座城市，是一家公司的老总。

父亲让他从老家带来铁观音，带给他的同学。父亲知道同学喜欢老家的铁观音，每年都会托自己给同学寄些。在益兴名人湾父亲同学的别墅里，他认识了她：父亲同学的独生女儿萱萱。当时，她读大四，小他一岁。

父亲同学及其家人都喜欢帅气阳光的他，隔三岔五地邀他去家里吃饭。

萱萱是个懂事而有富有爱心的姑娘。从小学开始，每年都会把父母给的零花钱省下来，寄给云南、贵州的希望小学，还为贵州的一个小学捐出了三千本书，成立了萱萱图书馆。不仅如此，玉树、舟曲的自然灾害发生后，萱萱都在第一时间捐款捐物。

星期天的时候，萱萱会带着这位来自福建的小哥哥一块，去福利院看望残疾儿童，给他们带去礼物，教他们唱歌跳舞；去敬老院看望老人，给他们梳头、捶背、洗脚、剪指甲，陪他们聊天。

慢慢地，他喜欢上这个富家小姐，也喜欢上她的喜欢，对社会更多了一份责任。

萱萱大学毕业，考上了本地的一家事业单位，每天上班，忙忙碌碌。

而他，因为是科班出身，又好学肯干，和同事相处有一定的亲和力，业务水平和工作能力得到领导和同事们的一致认可，很快在公司脱颖而出，成为一个部门的负责人。

转眼，萱萱毕业三年了，而他也工作了四年。四年的相处，使他们有足够的时间来酝酿发酵他们的感情。他们的关系，也得到双方父母的认可。

萱萱喜欢柳树湾，喜欢这儿的宁静、离俗，喜欢这儿的一大片水杉林，喜欢这儿的桃花开过梨花开的浪漫，喜欢这儿的小桥流水人家。春天来的时候，他们还会在柳树湾的路边掐些枸杞头、荠菜花之类的野菜，回家给母亲包饺子。吃着饺子，望着女儿和未来的女婿，父母亲开心得很。

我要找幸福　　171

这样的天造地设，婚期自然也就如期而至。

可是，结婚的第二年，萱萱得了一场病，是一场很重的病：白血病！

他说服父母，卖了福建老家的房子，两家人一起合力为萱萱治病。

他除了照顾萱萱，还要忘我地投入工作。一次，他下班回家，路上遇到某化工企业因发生危险品泄漏而引起火灾，他在单位也负责消防，有一点经验，就条件反射地冲上前去奋力救灾，为抢救一个工人，他冲进火海，结果，他中毒，眼睛也被严重烧伤。

醒来后，他的眼前一片漆黑。

领导和同事们每天到医院看望他，给他鼓劲加油。

他终于知道，他的眼睛无法看到他喜欢的世界了，除非有人捐献眼角膜。

从此，小夫妻两个，分别住在不同的医院，都在为对方祈祷，希望能够早日康复，去实现他们的共同理想。

一个月后，他终于等来了志愿者捐献的眼角膜。

他在幸福地等着手术成功的那一刻。他默默地给妻子鼓劲：萱萱，好好活着，一切都会好的！我会让你过上幸福美满的生活！

当他的眼睛可以重新看到世界的时候，他想，还要感谢为他捐献眼角膜的人，虽然还不知道捐献者是男是女，是老是少，但是这位未知的好心人让他看到了光明！

当然，他更想早点看到他心爱的人，他的萱萱。

他看到了萱萱，不过是她的遗像。

当他完全好了的时候，他才知道，萱萱已经离世了，因为怕他担心而没有告诉他。弥留之际，萱萱嘱咐四位老人，把眼角膜给她心爱的人,让他完成她未尽的责任。

从此,柳树湾成了他更常来的地方。

他站在栈桥上,看着远方,眼里、心里,都装满了她。古黄河的水呀,汤汤地流淌,水中是否有一块凡人看不到的绿洲?那绿洲上面,是否住着一位叫萱萱的姑娘,在不停地回望着家乡和心爱的他?

我要找幸福

太阳爬上树梢，疙瘩磨磨蹭蹭地从铺满稻草的铺上爬起来，双手抄在袖筒里，来到幸福家门口。幸福家的那只狗蹲在门口，像蒋门神，朝他虎视眈眈地望，望得他心里发毛。他不敢再上前，就扯着嗓子喊："幸福，幸福……"

幸福是他小学同学。不过，因为爹妈先后去世，作为孤儿的他，只念到三年级就辍学了，是吃着百家饭长大的。幸福却是念完了初中就去当兵。幸福当兵的部队在浙江，那里经济比较发达，他是个有心人，休息时经常跑跑市场，逛逛书店，还真学到了真经，当兵和学手艺两不误。退役回来后，他用安置费搞起了塑料大棚，养花！两年就搞出了名堂，还带了十几个人一起干，有滋有味的。喊疙瘩去做帮手，干了几天，懒散惯的疙瘩嫌累，不去了。幸福皱起了眉头。

幸福从部队回村的第三年，村民选举他担任村主任。疙瘩知道了，嘿嘿地笑，他决定去找一下幸福。

幸福媳妇正吃饭，端着碗从锅屋来到大门口，见是疙瘩，问啥事。疙瘩讪讪地笑，用油乎乎的袖子擦一下发痒的鼻子，问："幸福呢？"

幸福媳妇说:"去村委会了。"

疙瘩笑笑说:"俺那个救济的事,这回可就仗着他了呢!"

幸福媳妇转着碗吸溜一口稀饭,笑笑说:"怕是不中吧?"

"不中?怎么不中?"疙瘩不相信。

来到村委会,幸福和几个人在开会,疙瘩把他喊出来。幸福问啥事?疙瘩说:"俺救济的事,你得给俺想着!"

"拉倒吧,"幸福说,"你就死了这条心吧,好手好脚的,要想吃饭就得干活!"

一屋的人都朝他看,哄地笑了起来。幸福转过身,咣当一声把门关实了。

疙瘩被堵得够呛,脑子里一片空白。他悻悻地往回走,想:"当屁大点官,就烧成这样!"

疙瘩不吃不喝,睡到第二天晌午,听到外面有脚步声,也懒得起来。篱笆门吱呀一声被推开了,进来的是一手拎瓶烧酒,一手拎几样熟食的二华。闻到猪头肉的香味,疙瘩马上来了精神,咕咚一下坐了起来。

三杯烧酒下肚,二华脖子也粗了,脸也红了,说:"幸福现在真是可以了呀,小时候咱们三个同学玩的事情都忘脑后去了?你跟他还坐了三年的同桌呢,现在做了个什么村主任,就对咱们爱理不理的!"二华把熟菜摆好,疙瘩倒酒。二华又说:"听说,昨天还骂了你?"

疙瘩怏怏地喝了口酒说:"不提他。"

隔天,二华又来了,这回带来一个戴眼镜的小伙子,对疙瘩说:"这是上面派到我们村的大学生村官,支部副书记小李,幸福的助手,家是市里的。"

疙瘩一听到幸福，脑门子就轴起来了。

二华问："疙瘩，你爹在世时，你不是跟他学过柳编的活儿吗？忘了没？"

疙瘩望望二华，摇摇头："哪能忘呢？"

二华像是想了想，说："不如你编个挂篮簸箕之类的，小李帮你在市里想办法销售，城里人现在认这个呢！"

小李忙说："是的是的，我奶奶特别喜欢这些柳编的物件，老是吵着要我爸买个簸箕，就是找不到卖的地方呢！"

疙瘩苦笑一下："那能弄几个小钱哪？"

二华说："小钱也是钱，苍蝇腿也是肉哇，弄一点是一点嘛，总比闲着强呢！再说了，弄好了，也气气幸福哇！"

二华就成了疙瘩的常客，在他的催促下，疙瘩还真的捣鼓起来了。

忙了一个多月，二华和小李把那些玩意儿拉到市里去，回来就给疙瘩两百块钱呢！送走二华和小李，疙瘩把两张百元大钞拿出来，翻来覆去地看，生怕钱长腿跑了。他在屋里又蹦又跳，嘿嘿地乐。乐够了又哭，呜呜，呜呜呜。

日子一天天在汗水里泡着。来年秋天，疙瘩在二华和小李的帮助下，盖起了三间瓦房，围了个院子。邻村的老姑娘大巧的爹妈见他有点出息，托人说媒，一说就成了。结了婚，两口子一起忙着编柳编，滋润得很。

这回是疙瘩喊二华来家喝酒，二华带着小李。席间，疙瘩问："这一阵咋没见着幸福？"

二华没搭腔，却说："村里准备成立一个柳编工艺厂，你看行不行？"

疙瘩急了，说："那不是跟俺抢生意吗？"

"哈哈，"二华笑了起来说，"要是那个厂请你去做技术指导，如何？"

"俺？"疙瘩舌头不听使唤了，指了指自己的鼻子，两个手像扇蒲扇一样直摇，就连上菜的大巧也腾出一只手捂着嘴笑。

二华又说："幸福因为工作干得好，被破格提拔到镇里做副镇长了，现在小李是咱们村支书了，我被确定为村主任候选人。"

"是呀，疙瘩大哥，"小李说，"恭喜你退出建档立卡贫困户行列！你是我们村最后一个贫困户，这下，我们村的贫困帽子可要甩得远远的了！"

二华嘿嘿地笑："当初，幸福担心你不配合，就和我演一个双簧呢。"

疙瘩痴痴地望着二华，又望望小李，木头一样杵着。

大巧拎着一壶热水走了进来。

一股春风被带到屋子里，包围了他们。

"我要找幸福。"疙瘩说。

小白脸

补鞋的小白脸不见了。

七月的一天，下班路过胡同口时，有一个意外的发现：拐弯处多了一个补鞋的小白脸。小白脸的面前是一些鞋掌锤子针头线脑之类的，都是新的。旁边有一个旧的补鞋机。身后有一辆老式自行车，就是那种放在道口不用上锁也没有人打它主意的甚至嫌碍事的那种。

"补鞋的。"我望了望脚上新买的凉鞋，停了下来。他竟然没有看见和听见，仍低着头，看一本什么杂志。我又喊了一声。他这才抬起头，脸上有一丝愠怒。但只是一丝不易察觉的愠怒，马上表情就平淡下来，堆起了笑脸，放下手里的杂志，问我要修什么。

我坐到一张小凳子上，脱下鞋子递给他："打个掌。"他接过鞋子，眉头皱了皱，就开始认真地打掌了。动作不太熟练。他的手白白的，手指秀而长，是一双搞艺术的手。其实他的手本身也是一件艺术品，只是可惜长在这人身上了。

趁他打掌的当儿，我随手翻了翻他的那本杂志，竟然是《小说选刊》。"喂，小伙子，你怎么干这营生？""这营生总归要有人干哪。"他不抬头，脸上却有一种红，一种羞涩的红。"噢。"我若有所思地点点头，心里说：你可不像补鞋的。收钱的时候，我掏出一元钱给他，说不用找了，站起身就走。他急了，连忙起身，锤子钉子撒了一地，追了上来。硬把两毛钱塞给我。"说好的，八毛钱。"他说。

以后，就觉得小白脸变了，做生意不像先前那样腼腆，而是很主动热情地招揽生意。开始的那张小白脸，经过一个多月的日晒雨淋，已经是很黝黑的样子了。后来我又去补了回鞋，见他手上满是老茧。我嗟叹不已，原来，岁月改造人的功夫是那么神奇而又不容抗拒！

一天晚上吃饭时，妻子忽然兴奋地问我："你知道那个补鞋的小青年吧？""怎么了？"我不经意地问。忽然又想起什么似的问她，"他有好几天没来出摊了吧？""告诉你，他是咱市委书记的儿子咧！"妻子兴高采烈地说。"哦，"我点了点头，"小道消息。""才不呢，我们厂长的儿子跟他是大学同学，这小伙子蛮有志气。"妻子补充说，"听说和咱们书记定了条约，上学期间不从家里拿一分钱，全凭自己赚钱养活自己哩！"

这倒是新鲜事！别说，还真有点想念起小白脸了呢！

自作聪明

那年，高考落榜后，我告别了家乡苏北，跟随表哥到上海打工。没想到，到上海没几个月，我就因为太"聪明"而出了事，进了看守所。

我和表哥在浦东的一个建筑工地上做事。表哥有点技术，是个小瓦工头，我初来乍到，就只有做小工了。每天提灰递砖，吃得又不好，晚上进了工棚浑身就像散了架一样，直奔床铺。我躺在高低不平的铺上，听着工棚里呼噜呼噜的声音，翻烧饼一样辗转，难以入睡。想我好歹也是个高中生，要不是高考差几分，加上家里拿不出钱，现在我也许坐在大学里宽敞明亮的教室上课了！怎么也不会住在这种交织汗臭和脚臭混合味的窝棚里吧？想着想着，就流下泪来。这时候，我干脆拿了书，到外面路灯下去看。

这样，一天一天的，日子就过去了。

有一天晚上，表哥他们几个收了工，出去喝酒。回来后，他们鬼鬼祟祟地商量着什么。我侧耳细听，原来他们在计划抢劫我们工地附近的那家收购站。我害怕了，心想，这可是犯法的事呀！于是，我就劝他们别做这伤天害理的事。谁知表哥挥了挥手，说："去去去，一边歇着去！"我不敢插嘴了，就拿了书，准备出去看。

可是，刚走到门口，就听表哥说："一进收购站，黑皮就先用准备好的棍子把那个老头儿砸昏，然后……"我一听，着急了，他们这样做真是太蠢了！弄不好要把人砸死，出了人命问题就更大了！我忙说："不行！不行！"他们见我说话，都望着我。这个时候我倒有些得意了，说："不如用绳子绑好，这样不会出人命。"他们觉得我说得有道理，纷纷说："对！对！对！"

接下来，表哥又开始布置逃跑计划，认为应该打的逃走。我又着急起来，说："不行不行！出租车司机会报警！"黑皮说："你干脆坐下来说吧！"我于是真的就坐下来了，告诉他们："最好是坐公共汽车走，这样比较安全。"胖子说："到底是多喝了几年墨水，就是比我们想得周到！"表哥脸上露出得意的神色来，拽过我坐在他身旁的铺上，说："那当然了！我表弟差那么一点点就是大学生了嘛！"我也扬扬自得起来，又给他们出谋划策："你们最好先坐公共汽车朝相反的方向走，坐个三五站的再回来，这样就更安全了。"胖子把大腿拍得啪啪直响，连说："对！对！对！"

他们把门关上，开始讨论具体行动过程了。胖子说："我看电视上的黑社会做事，都是用胶带封住被抢人的嘴，然后再开始行动的。"黑皮点头说："对，是这么回事。"表哥也觉得有道理，点了点头。于是，他们就准备出发了。我摇了摇头，咂了咂嘴。表哥望了望我，生气了，说："不要再拿捏了，有什么好的点子就赶紧说出来吧！"看着他们三个人都眼巴巴地望着我，我心里更加得意起来，心想，这几年书真的没白读！就说："你们这样匆匆忙忙很容易出事的，事前准备工作要做好才行啊！"表哥问："还要准备什么？"我照着侦探小说里看来的"经验"，说："戴上手套，就可以避免留下指纹，再买两双女人穿的长筒丝袜，套在头上，这样，即使收购站老板报案，你们也不会被认出来的。"他们三个人纷纷对我竖起大拇指，对我佩服得五体投地。我飘飘然起来，看来，多读点书用处还真不少呢！

这个时候，时间已过午夜十二点了，他们还在那摩拳擦掌地讨论着。我困得实在受不了，倒头就睡了。

第二天早晨，表哥喊醒了我，塞给我二百元钱，说是昨天晚上的操心费。糊里糊涂的，我就收下来了。

原来，昨天夜里，他们真的去把那家收购站给"做了"。

上午做工的时候，趴在十三楼上，向对面望去，就见不远处的那家收购站门前停了辆警车，有几个警察走来走去地找着什么。我心里慌了，心想，这回表哥他们说不定要倒霉了。我望了望表哥，看到他不时地瞄着对面的收购站，拿瓦刀的手不住地哆嗦，看来，他心里也紧张得很呢。

中午还没收工，几个警察就来到我们的工地，把表哥他们一个一个地带走了。原来，他们去收购站做事的时候，虽然用丝袜套了头，但是，他们穿的工作服裤子却忘了换！他们几个又经常到收购站去卖酒瓶，老板对他们的身材比较熟悉，这样，他们就在劫难逃了。

看表哥进去了，我想，我的靠山没了，咱别等老板找谈话，自觉点，自己走人吧！我收拾收拾正准备打道回府，工地上又来了一辆警车，两个警察上来三下五除二就把我给铐上，带进警车。我急了，问他们凭什么抓我。他们说："凭什么？你聪明啊！小子，告诉你，你有共同抢劫嫌疑！"

就这样，我短暂的打工生涯结束了。但是，这段经历，却给我年轻的生活调色板留下了灰暗的一笔。

梦想和现实之间就是一张纸的距离

"都给我好好地干活!"刘二是个腰缠万贯的大老板,双手倒背在身后,正得意扬扬地对自己手下的打工妹打工仔指手画脚地训话。

咦?当他看到一个熟悉的身影时,忽然张大了嘴巴,惊讶得说不出话来:那个宛如天仙的漂亮妞儿,不是隔壁的雪儿姑娘吗?她什么时候到我的厂子里来了?再说了,她可是我的梦中情人哪!不行,不能让她干这样的活!刘二便走了过去,清了清嗓子,一本正经地对雪儿说:"明天开始,你到我的总经理办公室上班!"这句话对雪儿来说,真不亚于久旱逢甘露哇!她好像忘记了羞涩,雪白粉嫩的脸颊立即就露出惊喜的神色来,快活地伸出双臂,燕子一样飞向刘二的怀抱……刘二正为自己飞来的艳福而得意忘形时,谁承想,雪儿姑娘忽然变了脸,扑上来猛地咬了他一口……刘二惊得魂飞天外,大叫一声:"哎呀!"他伸手一摸脸,脸上果然湿漉漉的!再定睛一看,自己正睡在床上,嘴角满是口水,屋里哪有雪儿的影子?

这个刘二,是骡马街刘大妈家的二儿子,平时好吃懒做,游手好闲。这当然是他的白日梦了。

他不由得气恼起来：好你个雪儿，给你写了十六封情书，你对我理也不理，现在还在梦里折腾我，真是气死我了！你不就是看中那个开汽车修理铺的赵三了吗？那小子也就三个拳头高，除了有点破手艺，哪点比得上我？我看你是财迷心窍了吧！

想到财迷心窍，刘二心底忽地一亮：对了，他赵三之所以被雪儿看中，还不是因为他手里有点破钱吗？我为什么不能奋斗一番，在经济上压倒赵三？对，就这么决定！

可是，一番热血沸腾后静下心来又一想，自己平时闲散惯了，能吃得了这个苦吗？再说了，即便能吃得了苦，又去哪儿找致富门路呢？

刘二心情烦躁地走出家门。出了骡马街，不知不觉就到了工农路。咦，那边许多人围着电线杆看啥？他也不由得三步并作两步走，挤过去看个究竟。可是，看热闹的人实在太多了，里三层外三层的。他鸭子一样抻着脖子抬头一看，电线杆上贴了三张小广告，一张是专治狐臭的，这有什么意思？第二张是专治阳痿的，老子还没和女人睡过，不知道自己是不是有阳痿；还有一张写着：谁来发这笔财？刘二心底不由得一颤，紧张得呼吸都要停止了。他赶紧认真地看了一遍，又生怕漏掉一个字。字条上说：只要你寄二十元钱给一个叫吴慈仁的先生，他就会告诉你一个快速致富的秘方，确保一个月收入万元以上。刘二一摸口袋，还好，有五十多块钱。他把广告看到烂熟于心，这才立即挤出人群，向邮局跑去。一路上，他的脑子始终被"无本取利""一个月可赚万元"的字样充满着。到了邮局，见许多人都在神秘地填写汇款单，刘二倒吸了一口凉气，事不迟疑，赶紧填一份汇款单，照着广告上的地址，给那头的吴慈仁先生汇了二十元钱，并且在汇款单附言上写上："我愿做您的忠实学生,请速将致富秘诀告诉我!"

钱寄出后,刘二忽然觉得心情一下子开阔起来。茫茫人海,蔚蓝天空,远山近水,啊,世界多美好!刘二蹬着二八步子,轻快地向家走去。路过赵三的汽车修理铺时,他还特意朝里面望了望,看见忙得油头灰脸的赵三,不禁轻蔑地一笑。

吃晚饭时,刘二心情不错,满面笑容。刘大妈气得直翻白眼,却也奈何不了他。刘二说:"老妈,你儿子马上就有出头之日了!你就等着我的好消息吧!"老妈的不信任和白眼,他是看惯了的,全不记在心里。可是,他吃着吃着,忽然停了下来,皱紧了眉头:那份广告会不会被赵三看到?如果被他看到了,那可不就糟了?就算赵三看不到,还会被其他人看到,岂不是增加对手?这样的大好事,不能让别人知道!于是,他饭碗一推,推出自行车就走。

第二天一早,电线杆上的那张"谁来发这笔财?"的广告没了。这件事恐怕只有此时躺在骡马街卫生室挂着吊水的刘二知道了。虽然昨晚回来时,因为兴奋,从水门桥边上连人带车栽倒在绿化带内,跌伤了左腿,给他带来了苦恼和疼痛,但是,他想到自己不久的将来就会成为一个有钱人,梦里的幻影就会变成现实,雪儿就会真的燕子一样飞进自己的怀抱时,巨大的幸福早把这些小小的不幸瓦解了。他仿佛看到赵三可怜兮兮地站在一旁眼巴巴地看着雪儿,而雪儿早快刀斩乱麻地毅然扑向自己的怀抱……

他的内心得到极大的满足。

终于,回信来了!刘二觉得这十天过得也太漫长了些。他手舞足蹈地不顾护士小姐的劝阻,从他老妈手里夺过那封信,马上坐了起来,连忙拆开了信,看了起来。没想到,他看完了信,头晕眼

我要找幸福

花，一下子栽倒在地……

　　护士小姐手忙脚乱地把刘二扶到挂水的病床上，拾起飘在地上的那张信纸，只见上面写着：刘二先生，请照我的方法做！祝君发大财！吴慈仁×月×日。

李四之死

李四一早从家里出来的时候,不知道今天是他寿终的日子。

要是知道的话,打死他也不会出来的。就是天大的事,也没有保自己的命重要哇!

李四的老婆也不知道自己的丈夫今早要死掉。李四出门的时候,还摸了一下她的屁股,说:"我今天就要去考试了,等拿到驾照,我们就可以买一辆出租车,我开,你跟我学,过一阵你也去考个驾照。以后,你白天开,我夜里开,一直把我们的生活开到共产主义的幸福生活里去!"老婆可不想听他耍油嘴,昨天晚上被他折腾得够呛,还想贪个早觉呢!

我也不知道李四今天早上要死掉。要是知道的话,今天一大早我就会在李四家门口堵着他,骗他说今天的驾照考试取消了,因为驾校的电子桩坏了,考不起来了。我最恨那个电子桩了,练倒库移库怎么也练不好,总被教练骂,说是左右不分的笨蛋。这样,李四就不会这么早出来了。

不这么早出来的话,他就不会碰到那个家伙了。

不碰到那个家伙的话,李四就不会撂命了。

早晨四点三十分,我就打电话给李四了,叫他到驾校门口等我。

李四胡乱地洗了把脸，草草地往胃里塞了点东西，踩着他的那辆破自行车就出门了。

对了，我忘了告诉你了，李四是个好忘事的人。我以前也不认识他，是在驾校学开车时才认识的。他原先在我们这个市里一家有名的企业里做事，后来企业倒了，他也就下来了。他练坡道下坡时总会忘记踩刹车，被教练一巴掌打在后背上，说："你应该叫李大哈才好！"

这不，刚出门不远，他想起"小灵通"没带，回转车头就回家了。在家门口的时候，无意中朝满意小吃店一瞧，见老板娘正翘着肥硕的屁股给店里唯一的客人盛辣汤。客人是一个衣冠不整的中年人，正鼓着嘴在吃着烧饼，好像多年没吃饭一样。李四不禁笑了笑，自顾自地走了。

李四回来时，又朝满意小吃店看了一眼，见那个人还在吃，又笑了笑。而那人朝他疑惑地望了望。

李四走了一会儿，又要回头了，因为他的准考证忘了带。到了小吃店门口，李四又朝吃饭的那个人望了望，见那人有些惊恐，胡乱地拽起桌子上的劣质餐巾纸擦了擦嘴。李四又盯着老板娘的屁股看了看，老板娘腰间的一大片白白的肥肉，花儿一样印在他的脑子里了。李四笑了笑，就回家去了。

这是李四最后一次路过小吃店，也是最后一次看到老板娘肥硕的屁股。

后来我就和李四失去联系了。我打他的电话，没有人接听。我们几个一起学车的驾友，开着李四的玩笑，电子桩和路考都结束了，也没见李四过来。想去看看怎么回事，可是又没有人能摸到他的家。

　　第二天，驾友告诉了我一个惊人的消息：李四被一个外地杀人流窜犯给杀了！

　　原因很简单，那个流窜犯在老家杀了自己偷人的妻子后，已经流窜了二十天。极度的身心疲惫使他精神快到了崩溃的边缘。而昨日在小吃店吃饭时，见李四来回从门口看他几次，这正是他精神崩溃的导火索。他起身尾随李四，见李四进了家门后在门外等待。等李四拿着准考证从家里出来后，一步蹿上前，掏出利刃一刀结果了李四的性命！然后，流窜犯自己也瘫倒在地不省人事……

　　听着驾友的话，我的眼睛忽然模糊起来，他后面的话我已经听不进去了。

　　唯一能让李四放心的是，他上五年级的女儿，学费不用他操心了。在殡仪馆为李四送行的时候，我们几个驾友商量了一下，便决定把他女儿上学期间的学费给包下来了。

楼上楼下

十六岁的那年，我家搬到宿舍楼，住在二单元205室。楼是老式的那种，共四层。青砖，顶上卡着灰色的小瓦，楼板是木质的，上着崭新的油漆，淡淡的味儿，挺好闻。那时，住宿舍楼的人家很少，我就有一种很强的自豪感。

可是，这种自豪感没坚持多久，就被一种烦恼所取代了。

我家的楼上住着对小夫妻，是厂长的小儿子和他的媳妇。也许是刚结婚的缘故吧，新奇，他们不分白天黑夜地折腾，常常弄得楼板吱吱直响。我很生气，准备上去找他们讨个说法。我刚准备上去，被母亲发现了。母亲正在择韭菜，见状，笑了笑说："算了吧，人家刚结婚，喜气头上，不要弄得大家都不愉快，何必呢？"

我只好忍气吞声，我不能不听母亲的话。

不久，小夫妻有了孩子，是个男孩。也许是父母的好动基因遗传给了孩子，他们生的也是个喜欢折腾的家伙。不会走路的时候好哭，不分白天昼夜地啼哭。有时候我夜里刚睡着，夜哭郎哇的一声，就会把我吵醒，下面的觉就难睡了，我也会听到隔壁母亲不停翻身的声音。

一大早我去买油条，见到院子外面的大树上贴了一张字条，伸过头看，上面写着"天皇皇地皇皇，我家有个夜哭郎。过路君子念一遍，一觉睡到大天亮。"回来告诉母亲，母亲说："肯定是楼上人家贴的。"

小东西刚会挪步子时，不哭了，开始每天拖桌子，搬椅子，还在地上拍球。这年，我正参加一个重要的考试，要一个安静的环境。所以，我气不打一处来，准备上去找他们说说理。母亲正在看电视，笑笑说："算了吧，人家孩子还小，"又说，"你自己心静了，自然就安静了。"

小家伙一天天长大，开始在屋里跑步，又开始溜冰，弄得屋里像开火车一样，呼的一声过来，呼的一声过去。有时候中午正睡着，他会忽然把一个玻璃球扔在地上，玻璃球的弹跳要十几下才结束，烦不胜烦。我又要上去时，母亲躺在病床摆了摆手。我又只好忍气吞声。因为我是一个孝顺的孩子，父亲走得又早，母亲的话我不能不听。

小家伙上职高毕业了，经常带同学来家跳舞，不仅楼板发出声响，每次跳舞还要跳到夜里十一二点，严重影响四邻休息。我儿子要考高中了，多么需要一个安静的环境啊！我准备上去找他们。刚走到门口，我头脑里好像有一根筋跳动了一下，感觉好像少了道什么程序。一想：原来，少了母亲的阻止。啊，母亲已经去世一年了。我叹了口气，算了吧，人家小年轻的，难得潇洒潇洒，何必扰了人家的兴致呢。

一转眼，小家伙长大成人了，头发染成白色，耳朵上还穿个大耳环，听说是白金制成的。他的爸爸妈妈看不惯，气得搬走了。

一天，楼上又有动静了。我一想：这一阵总看他带着个染着黄头发、穿着吊带装的女子进进出出的。是不是在谈对象？谁没有个

我要找幸福　　191

年轻时候哇?

可是,儿子不让了。儿子在本市的一所大学读书,星期天才回家,他气呼呼地开了门,我正在看电视,见状忙问:"干什么去?"

儿子说:"我去找他们!"

我摆了摆手:"算了吧。"

儿子说:"怎么能算了呢? 不行!"

我说:"人家小年轻的,难免要好动一些,你看你,何必呢?"

儿子怒发冲冠,非要上去不可。

我气了,啪地把手中的茶杯摔在地上,吼道:"我说算了就算了!"

我老伴小心翼翼地说:"何必呢? 你跟孩子怎么能这样?"说完,她找来扫帚和簸箕,打扫地上的玻璃碎片。

儿子气鼓鼓地坐到沙发上。我正准备给他上政治课,谈谈他奶奶的事。忽然有人敲门。儿子把门打开,我一看,外面站着一个十三四岁的小姑娘,她冲我啪地敬了个礼说:"爷爷,我是住在楼下105的,正在复习参加中考,请您注意保持安静! 谢谢您!"

去找管乐

主任叫我去找管乐。

上午刚到办公室，主任就对我说："小李呀，你去找一下管乐，他们县里的材料还少个东西，让他们昨天送到的，你看，到现在还没来！"主任望了望窗外阴沉沉的天，回头说，"他们县里今年水灾比较严重，可能都扑在救灾一线了，我们要体谅人家，所以，还是辛苦你跑一趟吧，我已经和他们局长打过电话了。"

管乐是我们下辖县办公室主任，听说是从部队刚转业不久的一个连长，还没到市局来照会过。那个县处在淮河下游，十年有八九年闹水灾。

我们办公室三个人，除主任外，就是我和老谢。老谢已经五十六了，去年从副主任改为主任科员，总不能叫他去吧？看来，我只好出这趟差了。

从汽车站打票坐班车，到县城近三百里路，要四个小时左右。车上没几个乘客，一路颠簸，晃晃悠悠的，刚出站不久，我就眯上了。

一路上眯一会儿，醒一会儿，不时有人招手搭车。司机为了赚外快，很乐意停车带客。

路过岔河镇，正遇上有集市的日子。通往集镇中心的公路上，人来人往，小摊小贩占道经营，人、畜、车混杂，鸡飞狗跳，交通几乎堵死。司机不停地按喇叭，嘴里骂骂咧咧，十分烦躁，车半天不挪窝，慢得比不上步行。一车人忍受着集市的噪声，还要忍受司机的谩骂声、汽车的喇叭声。

不承想，小心得不能再小心的司机，还是压死一只鹅，司机只好停车处理。

我知道急也没用，只好看热闹。鹅的主人是一个中年妇女，看起来很凶的样子，非要驾驶员赔八百块钱，驾驶员说："八百块够我苦好几天的，我一家三口的嘴都放你家呀？"驾驶员只愿意赔两百块。吵吵嚷嚷的，好半天还没解决好。就这么僵持着，双方互不让步，中年妇女竟然四仰八叉地躺到车头前边不动了。

后来惊动了当地派出所。在派出所民警的调解下，事情总算解决了，司机骂骂咧咧地上了车。

刚好有一男两女三个人要搭车去县城，司机一脸严肃地跟他们谈好了价格后，让他们上车了。车开了，司机脸上表情轻松了不少。

年轻一些的那个女子坐到我旁边空着的座位，刚坐下就问我车何故停在这里的。我告诉她，是司机压死了农民的鹅，农民索赔，所以停了下来。

女的看起来有三十多岁，"哦"了一声说："农民养一只鹅也不容易，况且这里的老鹅本来就很有名，别说我们县里的人经常过来吃，就是市里的人，也经常开车过来吃呢。"

我表示赞同，说："是的，岔河老鹅确实闻名遐迩，我就跟着朋友来吃过几回了，味道很特别的。"

她是个健谈的人，就这么一路说着话。

她告诉我，她一大早坐车去市里递材料，车也堵得厉害，本来十点可以到的，结果中午十二点半才到，市里的人都午休了。领导要求晚上必须回来，没见着市里的人，就只好把材料放传达室，赶紧赶到长途车站。坐前一班车，在岔河下车到三姨家拿个东西，还好，赶上了这趟车。

她问我："先生是第一次来这里吗？"

我挠挠头皮，不好意思地说："呵呵，被美女说中了，我是大姑娘上轿，头一遭呢！"

于是，她给我介绍这里的山水，风土人情，也介绍这次的水灾。话题就这样打开了，她告诉我，自己是当兵的，以前在部队做过文书，转业到地方工作，依然是老本行，在办公室搞材料。

有美女陪着聊天，时间过得就是快，不知不觉，县城就快要到了。

到达时，天已经黑了，华灯照耀下的山城，有着别具一格的情调。

我告诉她，我要到县招待所住宿，明天一早要去办公事，上午就要赶回市区。

她很乐意地要陪我一起去招待所，说："你一个外地人，路不熟，如果你没意见的话，我带你去吧！"

没想到会碰到这么热心的美女，我当然没意见了。

路上她问："你明天要到哪里办事呀？"

"到人事局，取个材料。"我说。

哇！她惊叫："我就是县人事局的呀！请问一下，你要去的是哪个部门？"

我要找幸福

我告诉了她，我说："我要去找他们办公室的主任，他叫管乐。"

她歪过头来问："你找她干啥？要材料？"

我还没说话，她就笑了："哈哈，告诉领导吧，我就是你要找的管乐呀！"

张书记

去市政府会议中心开会,意外地遇到张书记,是他先看见我的。

他穿着一身工作服,淡黄色底,咖啡色压边,胸口配着蓝色小礼花,比以前穿厨师服时要精神帅气多了。

从他身边走过,我没留神是他,他好像在观察着我。见我朝106会议室走去,他似乎有点意外,忙上前几步赶上我,喊我:"哎,李……班长,你干啥呀?"

我回头见是他,有些欣喜。他是我以前的老同事,有好多年没见到了,我赶紧停下脚步等他迎上来,伸出手和他握。

他很开心,提醒我:"那个会议室开的是市人大常委会的会议,你不要摸错了呀!"

我一愣,马上回过味来,笑笑说:"没错,张书记,我就是参加这个会的呢。"

我相信张书记一定不知道我是市人大常委会委员,在他心目中,我还应该是个培训中心的炊事班长吧?

好多年前,我是一家培训中心食堂的炊事班长,他是我的手下,一个三十六岁依然没结婚的厨师。那时我也没结婚,不过我是

我要找幸福　　197

毕业不久的二十三岁青年。

　　有一天下午，我和女友在书店看闲书，忽然想起晚上还有一桌酒席没有安排，赶紧就近找一个电话打去单位，叫传达室的马师傅喊个厨师接电话。是他到大门口接电话的，我大声大气地说："张书记呀，你赶紧准备一下，晚上有一桌酒席，我回去可能要迟点！"女友听得一愣一愣的，伸出的舌头半天没缩回去。她说："你，这么厉害呀?! 你敢这样对你们书记说话呀！"我先没反应过来，后来才知道她误会了，逗她说："小菜一碟！"

　　老张到我们食堂之前在乡下一个学校食堂做临时工。后来，他的亲戚托我们主任把他安排到我们食堂。他做事认真负责，切菜、配菜都做得一丝不苟。他的腰似乎有些不好，没事的时候，总会把两只手背在后面抵着，像个干部一样，比我这个炊事班长还要班长，甚至比我们主任还要主任。于是，面点师傅老蒋就喊他"张书记"。刚开始他有点生气，可是没人睬他，照旧喊。时间长了，他也就含含糊糊了。

　　到后来，喊开了，不仅我们食堂人喊，就连我们主任和局里来的局长，当面也会喊他"张书记"，他嘿嘿地憨笑，只顾埋头干自己的活。于是，"张书记"就叫开了。

　　那时，我爱好文学，经常有稿子在报纸杂志上发表，就有许多女孩来找我谈文学，谈诗歌，也谈爱情。张书记常常会远远地站着朝我这边看，露出羡慕的神色。有一天，他大着胆子对我说："李班长，你认识人多，看能不能帮我介绍个对象啊？"我笑笑，拿他开涮说："这些小姑娘，你看上谁了？我帮你介绍一下！"他一脸的难堪，自卑地搓着手，头低了下去。

　　在我的宿舍，我把这事讲给来找我玩的几个女孩听。一个叫小云的女孩说,她大姐是沭阳乡下小学老师,前年大姐夫出车祸走了,大姐今年三十三岁,带着一个八岁的女儿,倒是可以考虑一下呢。没想到,一撮合,就成了!结婚第二年,沭阳老婆就给他生了个胖小子,亲戚也帮忙,把她调到郊区一所小学。

后来,单位清退临时工,老张就被清退了。刚开始的时候,他有点失落,有些不知所措,愁眉苦脸地找我诉苦。我们一杯一杯地喝酒,我也不知道如何安慰他,只能劝他,车到山前必有路,看开一些。

好几年后的一天,他打电话给我,说在布匹市场那边开一家小饭店,请我有空去喝酒。

我还真去了一回,是个晚上。一溜排的小饭店,我一家家找,猛一抬头,看到一家招牌叫"张书记小酒馆",我会心地笑了。

他很开心,喊了被清退的其他几个厨师一起过来陪我喝酒。

小店虽然不大,生意倒也不错。他老婆在店里忙着,八岁的儿子在一张桌子上做作业。没想到,竟然碰到了来帮忙的小云,她和老张老婆带过来的女儿一起忙活,那个闺女看起来也有二十岁了,应该是小云的姨侄女吧。

小云和她姐过来敬酒,我望了望张书记,笑着说:"张书记,你在培训中心也没白待,到底成了个家呀!"

后来,我调离培训中心到一个新的单位,加入民主党派,在党派里做了许多事情。去年人代会上,通过党派推荐、选民选举,我被选举为市人大代表,接着又当选为市人大常委会委员。

张书记告诉我,小饭店后来被拆迁了,他就应聘到政府会议中心做服务生了。收入不是太高,但是自己十分知足,不论在什么岗位,都要认真做事,人要知足常乐。他还告诉我,老婆退休了,女

我要找幸福　199

儿在师范学院上大学,他指的是老婆带过来的姑娘。

我和他正在聊着,另一个穿着和他同样工作服的小姑娘过来喊他:"张书记,经理让你把二楼203会议室整理一下,下午要用呢!"

我不能不诧异,问:"咦,这里也叫你张书记?"

"唉,没办法,"张书记叹口气,既自豪又无奈地说,"不知道怎么就叫起来的呢!"

路过人

那天，我步行去第二人民医院，一路上头低低的，怕看到熟人。

虽然我情绪低落，但是也请你不要误会，我不是去看病的。

我的公司倒闭了，原来的司机介绍我去应聘保安。

我卖了别墅，卖了车，付了工人工资和外债，和老婆孩子租房，住在孩子学校附近。

老婆安慰我："慢慢来，日子会好起来的。"

孩子说："爸爸，我们一起加油！"

我一把搂过老婆和孩子，眼泪再也收不住了，多少委屈和心酸，就这么流淌掉吧！

我使劲地搂着她们，生怕失去她们，失去一切。

刚从东大街拐上都天庙，就遇到两个年轻人，他们边走边聊。

"你喝的什么呀？"

"红茶。"

"多少钱一瓶？"

"三块五。"

"啊？"一阵惊讶声把我的目光拽向走在我身后的两个穿着黑西

装的小帅哥。

这么热的天,还穿着西装,而且说的是普通话,像是异乡人。

"你昨天赚多少?"

"昨天光头。"

我放慢了脚步,等他们从我的身边走过去。

"啊?"惊讶的声音又起,明显带着谴责的味道,"那你怎么能喝这么贵的饮料哇?不能买一块钱的将就一下呀?出租屋里的自来水配不上你呀?你怎么能喝得下去的呢?啊?今天你怎么办呢?"

"……"另一个小伙子局促不安,饮料瓶离开嘴唇,还有半瓶拿在手里,不知道放在什么地方是好。似乎,连饮料瓶也不知所措起来,恨不得钻到路边人家的痰盂里去。

我唏嘘不已,朝前走着,想到自己,心里发酸,眼眶发热。从他们身上,我看到了年轻时的自己。经过十几年的奋斗,我曾经辉煌过,现在,又变成从前的自己了,和这两个小伙子一样。

菜场的门口路边,夫妻俩开着一辆马自达占道卖鸡。有人买一只母鸡,女人负责称重,称好后交给打着赤膊、嘴里叼着香烟的男人。就见男人把母鸡抓过来,勒紧翅膀,小拇指管住鸡爪,大拇指和食指捏住鸡头,用一把大剪刀,咔嚓就把鸡脖子剪断了。血溅了出来,鸡腿一个劲地抖动,男人把它塞进旁边的一个圆口铁桶里,用砖头压上。就听铁桶里的鸡扑通扑通地挣扎。

对面有声音说:"快走!快走!"女人赔着笑,献媚地笑,说:"就走就走,马上就走。"望过去,一个穿着制服的城管,用一条白手巾代替帽子围在头上,头上的汗水直往下滴。

一个老头儿买一只公鸡,女人称重,把鸡交给男人,和老头儿算账。男人呸地吐掉嘴里的烟屁股,甩一把汗,重复刚才的程序。

铁桶里母鸡还没取出，就把公鸡也塞了进去。听那铁桶里，又是一阵扑通扑通乱响。

有几根羽毛飘了飘，又落下。

可怜，两只鸡是一对异性，如果有来世，唯愿它们投胎成一对夫妻，爱情甜蜜，比翼齐飞。也许，会成为一对卖鸡的夫妻，谁知道呢?

眼看要拐出都天庙了，前面就是热闹的淮海南路，马路对面就是第二人民医院。

先前的两个黑西装小伙子站在路口，手里拿着一沓传单在散。见了我，其中一个说："先生，看看淮海广场核心商圈的房子吧，花漾城，首付低，升值空间大，看看吧！"

我本不想接，甚至有些厌恶。但只是一霎，我改变了主意，笑了笑，伸手接过一张。

他眼睛一亮，黏上我，说："真的，不错呢，现在下手，是个好时机！这上面有我电话，一定跟我联系哦！"

我不知道他是喝饮料的小伙子，还是教训喝饮料小伙子的小伙子，他的执着感动了我。

我心头一热，好像找到了什么，步子不由得轻快起来。

到第二人民医院人事处门前，我做了个深呼吸，静了一会儿，然后信心饱满地走上前去，敲响了门。

爷爷的爱情

从我懂事开始,我爸爸就常和我说起我爷爷的故事,说我爷爷是被日本鬼子和狗汉奸逼得走投无路了,就加入新四军抗日队伍了。每回我爸爸讲完我爷爷的故事,总会感叹一句,要是没有共产党,就不会有我们今天的新生活。

我爸爸说,他的爷爷是开饭店的。在我们的老家洋河的老街上,原先只有两家饭店,一个是邬家的,一个就是我们李家的。两家饭店,邬家的在西头,李家的在东头。两家饭店老板关系很好,经常会走动走动,交流一下生意经。

邬家有个闺女叫桂玉,十七岁;我爷爷那时十八岁。两个人自小在一块长大,真是两小无猜,青梅竹马。

两家大人也有意识地安排他们接触,培养他们的感情。邬家生意忙了,叫玉儿:"去,到你李伯家叫个厨子来帮个忙!"李家生意淡了,我爸的爷爷就叫我爷爷:"去,到你邬叔家喊他来喝两盅!"

日本鬼子来的那一年,两家饭店忽然互相不讲话了。原因都在镇上的刘二狗子身上。

二流子刘二狗子,今天在邬家混一顿,说李家的不好;明天又到李家混一顿,说邬家的坏话。俗话说,坏话说三遍,就会被当成真话。一点不假，两家饭店老板在刘二狗子的挑拨下，终于成为对面不啃西瓜皮的仇人了。

邬老板不许桂玉和我爷爷来往；我爸的爷爷也不许我爷爷和桂玉接触。

这天晚上，我爷爷和桂玉偷偷地来到镇北的废黄河边，在他们经常约会的那棵大柳树下面，我爷爷拥着他的玉儿，心里有说不尽的愤慨。日本鬼子到了镇上，刘二狗子那个龟孙子成了日本人的狗腿子，身上挎着个盒子枪，到处耀武扬威的。桂玉说："就是他搅和的，让我们两家大人产生了矛盾，使我们也不能公开来往了，我恨死他了！"我爷爷说："我已经下了决心，打鬼子的共产党新四军队伍已经到了盱眙，我打算投奔新四军去了，到时候，跟着部队来打刘二狗子和日本鬼子！"

话还没说完，忽然，刘二狗子带着几个人从旁边蹿了出来，嘿嘿地奸笑着说："胆子不小哇，竟敢和皇军作对，抓起来！"桂玉一看不好，奋力扑向刘二狗子，高喊着让我爷爷快跑！我爷爷心都快碎了，但是他想，不跑的话，两个人都要玩完，无奈，他硬是一头扎进废黄河，乘着夜色匆忙地逃走了。

我爷爷跑了，刘二狗子也就达到目的了。他对桂玉的美貌垂涎已久，赶走了我爷爷，他就有机会得到桂玉了。不过，他想，这事还是从长计议的好，心急吃不了热豆腐，所以，他就放了桂玉。

此后，刘二狗子天天朝邬家饭店跑，嬉皮笑脸地和桂玉套近乎。邬老板看在眼里，急在心里。其实他心里还是喜欢我爷爷的，现在才明白两家关系都是刘二狗子这个家伙给搅的。而我爸爸的爷爷也回过神来了，主动过来向邬家赔罪，两家又和好如初了。

桂玉恨透了刘二狗子，总是对刘二狗子怒目而视。她随身带着

我要找幸福

一把剪刀，遇到刘二狗子有不轨行为时，就拔出剪刀，一来自卫，二来对刘二狗子也是威慑。所以，虽然我爷爷不在身边，刘二狗子还是迟迟没有得手。

后来，鬼子小队长龟田在邬家饭店喝酒的时候，看到了桂玉，也对桂玉蠢蠢欲动起来。他找个借口，封了邬家饭店，把邬老板和桂玉都带到了鬼子据点。两天后，邬老板被打得皮开肉绽，被人抬了回来，而桂玉却从此没了消息。原来，桂玉在据点里对龟田的淫威誓死不从，龟田软硬兼施都不见效果，就让刘二狗子想办法。可恶的刘二狗子，为了讨好鬼子，竟然从家里拿来了麻药，麻倒了桂玉，使龟田得逞了。桂玉醒来后，大哭一场，用随身带的剪刀，结束了自己如花似玉的生命。

一年以后的一天夜里，洋河镇上空忽然传来一声巨响，镇上的鬼子炮楼被盱眙过来的新四军给端了！

日本鬼子和伪军哭爹喊娘，屁滚尿流，被打死了十几个。龟田被炸成了肉酱。汉奸刘二狗子从睡梦中惊醒，慌乱中，被一颗子弹射中，丢了狗命。原来，这是我爷爷所在的部队搞的一个突袭，我爷爷提前几天就来侦察过了。而送狗汉奸刘二狗子上西天的那一颗子弹，正是我爷爷打出的，他为自己心爱的人报了血海深仇。

在这次突袭行动后，我爷爷逐渐成长起来，随陈毅的部队转战大江南北，立下了赫赫战功，新中国成立后成了一名将军。

我喜欢听我爸爸讲我爷爷的故事，每次听起来都有新鲜的感受，多少年来乐此不疲。可是，前几年，我爸爸中风了，康复后，他再也不能说话了。我爷爷的故事，只能由我来讲下去了。

让我自豪的是，我爷爷的故事，不仅我儿子喜欢听，我那八岁的孙子也爱听呢。

子弹救下一条命

我爷爷曾经问我:"子弹有什么用处?"

我说:"可以消灭敌人和坏人。"

那时候我八九岁,爷爷摸着我的头,意味深长地说:"有时候它可以救命呢!"

爷爷说:"那时候日本鬼子已经穷途末路了,在他们宣布投降的前几天,我奉命埋伏蹲守鬼子的洋河镇沙圩据点。我的任务是不让他们逃跑,连长特别交代说:'我知道你小子是全团有名的神枪手,但是这次你得给老子忍住了,如果他们逃跑就开枪报警,千条万条归一条,就是不能把他们打死喽!'"

爷爷说:"那个据点,原先有三个鬼子,那天死了一个。两个鬼子先小心地在据点外面架了一堆干柴,浇上小半桶汽油。这引起我的警惕,我拉上枪栓,紧紧地盯住他们。两个鬼子把自己裹得严严实实,只露出两只眼睛,从据点里拉出那个死去的鬼子,一起跪对着尸体,呜里哇啦说了一通。然后,把尸体抬到干柴堆上,点起了火。"

我好奇地问:"那个鬼子是怎么死的?"

"怎么死的?我当时也很纳闷,"爷爷喝了一口茶说,"我又盯了一会儿,见他们就地挖了一个坑,把鬼子死尸烧的灰埋了。夜里,我悄悄回去把这个事情向连长做了报告,连长皱着眉头想了想说:'不管他,你继续盯着。'"

"第三天,又死了一个鬼子。"爷爷继续说。

"又死了一个?"我听了一惊,赶紧问,"爷爷,是不是你打死的呀?"

"我的任务是看着他们,防止他们逃跑,怎么会打死他们呢?"爷爷说,"后来才知道,他们都是得了一种致命的疟疾,因为被我军重重包围,电话线也被剪断了,和外面失去了联系,无医无药,只能等死。"

爷爷接着说:"最后一个活着的鬼子也在据点外面点一堆干柴,把死鬼子烧过后埋了。"

剩下的这个鬼子比较年轻,二十岁左右,看起来和我岁数差不多。他每天早晨都有一套固定的事情要做,刷牙,洗脸,做操,吃早饭,沿着据点巡查,登上据点瞭望,然后听收音机。

这天早上,小鬼子做完了一套程序,端坐在那里听收音机。听着听着,他好像怀疑广播里的内容,把收音机贴到耳朵边仔细地听,不时地拿过来拍打几下。他的表情很是怪异,面孔抽搐得厉害,一边听着,眼泪一边就稀里哗啦地淌了下来。他忽然把收音机摔到地上,趴到地上号啕大哭起来,浑身像被勒得快死的狗一样扭动。

哭了好一会儿,鬼子跟跟跄跄地站起来,摇摇晃晃地进了据点。

我不知道发生了什么事情,以为他要逃跑,拉上枪栓,死死地盯着据点的门洞。

过了一会儿,鬼子出来了。看起来,他刮了胡子,洗了脸,换了一套干净的军装。

他朝我这边笑了笑,迅疾又拉下了脸。我吓了一跳,难道他知道我埋伏在这里?我赶紧扶了扶头上伪装的草帽,紧握步枪的手直往外冒汗。

我看到鬼子面向着东方,低着头,深深鞠了一躬,咿咿哇哇地放声大哭起来。哭完后,又拖腔拉调地唱着什么。大约有一袋烟工夫,鬼子停止了哭号,抹了一把脸,从怀里掏出一张相片,仔细端详,然后放在嘴上亲了亲,掏出打火机,点着了。离得远,我根本看不见相片上是什么。看着相片的纸灰慢慢卷起,小鬼子手一松,相片纸灰像蝴蝶一样晃晃悠悠地飘落下来。鬼子回据点拖出一张桌子,爬上去,端坐到桌子上,拿起身边的长长的日本军刀,用手比试着刀锋。

"那真是一把好刀哇!"爷爷说。时隔几十年,还掩饰不住爷爷当年的惊叹和羡慕。

"我感觉到鬼子要自杀!"爷爷说,"当时我眼睛睁得大大的,丝毫不敢懈怠。就在鬼子举刀准备刺向自己肚子时,我扳动了扳机。"

"这就是子弹救命的故事。"爷爷自豪地笑了笑说。

我望着爷爷的遗像,流下了眼泪。这是他生前常给我讲的战斗故事,我总是百听不厌。

接下来的故事是这样的,这个鬼子叫铃木苍介,爷爷打中了他右手腕。在俘虏营里,军医治好了他的病,他和爷爷成了朋友。

后来,日本人铃木苍介回到他那樱花烂漫的家乡,和他父母、妻子团聚,也第一次见到他两岁的女儿,因为他结婚不到半年就被

我要找幸福

征召入伍到中国参战了。多年来，铃木家族一直和我们家保持着联系。他一直收藏着爷爷打中他手腕的那个弹头，回国后，请人把它掺和了一些其他金属打制成一对戒指，其中一只寄给了我爷爷。在我爸爸十八岁时，爷爷把戒指给了他。我到了十八岁的时候，爸爸又把这枚戒指给了我。

再后来发生的事，你们可能就想不到了。

我是在南京读的大学。大学毕业后，我到日本上野学园大学留学，休息的时候我就经常到铃木爷爷家做客。毕业后，我回到了家乡工作，目前，已经结婚成家。

如果你到我家做客，而且你足够细心的话，就会发现我和妻子戴着同样的戒指。如果你对我们夫妻同款戒指感兴趣的话，我才会告诉你，我的妻子是日本人，她叫铃木妙子。

老张遇到了美好

尴尬了,早晨起来去柳树湾晨练,老张竟然忘了带厕纸,这可是天大的事呀!

本来下楼之前穿鞋的时候是想好了的,带几张厕纸,在柳树湾跑步时顺便把个人"大事"给解决了。可是鞋带系好后,只是检查了一下"伸(身份证)手(手机)要(钥匙)钱",却把厕纸给忘了。岁数大了,记性是越来越差了。

柳树湾在小区西面,里面有一个很漂亮的卫生间,老张本来准备在那里解决"大事"的。到楼下才想起没带厕纸,朝高高在上的六楼望望,刚下来再跑上去,老张实在是没这么大的勇气和力量。他只能望楼兴叹,六楼如"空中楼阁"一样高不可攀,可望而不可即。想到小区门口有家小超市,到那里买一小包面巾纸凑合一下吧。

可是,到小区门口一看,那个小超市竟然还没开门营业!店主怎么这么懒?哪里像个做生意的呀?老张又想,开店的是一对小夫妻,拖着两个孩子,以店为家谋生活,也不容易。女的开店,男的开出租,白天挺辛苦,早上多睡一会儿也是情有可原的。

算了,先走吧,也许能碰到个熟人,见机行事吧。

老张就这样轻而易举地原谅了开店的夫妻，提了提肛，朝柳树湾走去，觉得自己暂时还可以"夹"住。老张一边走着，一边想起自己小时候在农村的一些关于厕纸的事。那时候，是没有人家奢侈到用纸来擦屁股的。经过"破四旧"的"洗礼"，每家每户都难得见到一张纸，更别说是一本书了。村上一个表叔在宿迁县城教书，带回几张报纸，贴在他家堂屋墙上，那真是敞亮！这是文化之家的象征。那时厕所也不叫厕所，更不叫"卫生间"，而叫茅厕，是用一些树枝扎成篱笆状的，也有用破柴席圈起来的。老张家的茅厕像一个岗哨般驻扎在路边，他奶奶看到南来北往的人进了自家茅厕，就会双手合十念"阿弥陀佛"，感谢人家把贵如黄金的屎尿留给他们家肥田。茅厕里边靠着几根短木棍，那可是老张一家和南来北往的人用来擦屁股的神器。而老张小时候经常会摘些树叶塞在茅厕栅栏的缝隙里，以备不时之需。那种宽一些的树叶，如泡桐、桑树的叶子是最好不过了，又宽大，又柔软，擦起屁股来方便实用，而且环保。

想着想着，老张就进了柳树湾。这时候他感觉便意一阵阵袭来，得抓紧朝那个漂亮的卫生间走了。对，走！快走，不能跑。跑会加速肠胃蠕动，说不定人还没到卫生间，"臭臭"就急不可耐地溜出来了，那就真糗大了。

可是，没有厕纸也不行啊。以前，在路边一些脏兮兮的公厕里，老张见到许多成年男子用空的香烟盒纸擦屁股，各种各样牌子的香烟盒纸都有，什么"华新""玫瑰""丰收"，随处可见，偶尔还能见到"大前门"。呵呵，用"大前门"来擦"小后门"？现在想来，老张都想笑。

老张一边走一边四下张望，失望得很，没见着一个熟人。今天也真怪了，来锻炼的多是小年轻的，还有不少漂亮的姑娘，以前熟悉的那些岁数大的"练友"一个也没瞧见，老张想，自己一个老头儿怎么好意思向人家开口要厕纸呢？何况，这些年轻人谁会出门带着厕纸？难道都是肠胃不好？

眼看快到卫生间了，老张头上开始冒汗。他开始四下寻找，找别人丢弃的香烟盒，如果真能找到一个就谢天谢地了，总可以解决"燃眉之急"了。可是，柳树湾是一个管理十分到位的公园，游人也文明多了，路面整洁，没有一片废纸，哪来的香烟盒？

眼看到卫生间了，索性先进去再说吧。忽然，这个时候老张有一个惊喜的发现，卫生间的后面，有一丛野生的桑树，一阵微风过来，桑树用肥大的绿油油的叶片向他频频示好。老张一下子找到小时候的感觉了，看看四下无人，快步跑过去，奋不顾身地捋了一把桑树叶，心想，这下好了，不会一身臭烘烘地回家了。

说来也怪，老张找到桑树叶来替代厕纸后，便意反而不是那么急迫了。这使得老张可以从容地朝卫生间走去，嘴里还哼着小曲。

进了格子间，老张解开裤带，蹲了下去。真是太及时了，刚蹲下，体内的废弃物排山倒海，飞流直下，快意贯穿着老张的所有神经，浑身轻松起来。

老张整理着桑树叶，准备委屈它们暂时充当"去污先锋"。偶一抬头，老张惊呆了，不知何时，格子间里装了一个小巧的塑料盒，上面贴着一张小字条：免费厕纸，按需取用！掀起盒盖一看，里面真有一沓卫生纸！

我的个天啊，新时代，随时都会有让我们意外的美好跟我们不期而遇呀！老张咂咂嘴，心里多了一份快乐和美好。

老张收起桑树叶，亲了亲它们，对它们说："我不能糟蹋你

我要找幸福　213

们了。"

　　这以后，老张常看的几本书里，都放着一片桑树叶。它们成了老张独特的书签，愈久弥香。

虎　哥

虎哥自从出来以后，低调了许多，仅从着装就能看出来。特别是夏天，以前，虎哥的衬衫，哪怕是文化衫，都是塞在裤子里，裤带显眼，裤鼻分明，人也显得精干，有精神。现在不了，他穿衬衫，或者文化衫、广告衫，就不塞到裤子里了，直接挂拉下来，人也显得邋遢松垮了不少。

那天，我和二顺、三娃子等几个小兄弟请虎哥吃饭，也有给他接风的意思。虎哥一件老头衫，上面印着"大桥鸡精"，下穿破洞牛仔裤，一身轻松，手机都没带，松松垮垮地就来了，我们看了，心酸的感觉油然而生。

虎哥以前是我们老大，以后还是我们老大。我们不会因为他进去过就有所改变。我们这一帮兄弟，都是西南老工业区子弟，读书没啥大能耐，但是为人处世那是不含糊的，遗传了父辈或者祖辈逢山开路，遇水搭桥，开发西南工业区的开拓精神，在上学期间又赶上他们遭遇下岗失业，没工夫管我们，被散养的我们也就慢慢变得人模狗样了。

席间，我们问虎哥在里面受罪了没。

虎哥语重心长地说："受了教育，相当于大专毕业了。"

我们一阵嬉笑加哂笑，这就不像我们原先的虎哥了！

四年前的那个夏天，我们和虎哥在西城酒家喝酒。先喝白酒，后喝啤酒，喝着喝着，一个个都成了大爷，嘴里面没高没低的了。结果，我们"严重影响"了隔壁桌上几个带女孩吃夜宵的哥们儿的雅兴了，他们嘴里面开始不干不净起来。口音听起来就不像我们西南老工业区的人，不然也不会不认识我们几个，起码也应该认识虎哥。我们这桌三娃子过去理论，想给他们普及普及西南老工业区的人文地理知识。没想到那几个哥们儿不买账，其中一个站起来对着三娃子就是几个大耳刮子！三娃子被打得鼻孔流血，捂着扭曲的嘴脸退了回来，我们正要冲上去教训那厮，虎哥示意我们先别动。没想到那桌的哥们儿来了劲，一起嗷嗷起哄叫喊。打三娃子的那家伙浑身充满鸡血一般，拎着一个啤酒瓶过来，对准自己头顶，砰的一声把酒瓶打碎，用带尖的破酒瓶对着三娃子后背就直刺过来。坐在旁边的虎哥突然站起来，说时迟那时快地一个直拳过去，就见那厮直挺挺地后倒下去，便一直躺着了，今晚我们喝酒时，那厮还在医院里"植物"着。

虎哥今晚喝了不少酒，我陪他上卫生间。我见他走路有些趔趄，想上前在他腰间扶他一把。一伸手，碰到一个和手机差不多大的硬硬的家伙，我触电一样缩回手，改为搀着他的臂膀。

枪！虎哥身上带了家伙！大热的天，我浑身直冒冷汗。

酒散，我送虎哥回家，虎哥虽然喝得有点多，但是头脑还算清醒，自己能走。我们一路走一路聊，虎哥说了他在里面的见闻和他"受到的教育"，学到的法律知识。他不停地叮嘱我说："二子，你不要嬉皮笑脸的，你一定要懂得法律知识，做事不能像以前那样冲动啊！遇到事情，首先要头脑冷静，冷静，再冷静！"

走到水门桥，见到河边有两个小混混在调戏一个骑共享单车的姑娘，两个家伙看起来也是喝了酒，一个拦着人家自行车不让走，一个上去扯姑娘的衣裳。

我火冒三丈，准备冲上去三拳两脚结果了他们。虎哥却一把拉住我，右手伸向后腰掏出家伙！虎哥这是要开枪啊！

我大喊："虎哥，不能乱来呀，千万不要弄出人命来呀！"

没想到，虎哥的举动却让我大跌眼镜：他从后腰上掏出来的完全不是什么手枪，而是一个手机！他一边开机一边大声指挥我："二子，我负责拍视频留证据、报警，你立即上去制止！"

等警察过来带走了两个小混混后，我和虎哥分手了。走了几步，我又回头喊住虎哥，问他："为什么把手机别在裤带上？"虎哥笑了笑说："比拿在手里省事。"

告别了虎哥，我也试着把手机别在裤带上，还真能别得住，比装在口袋里和拿在手里轻松多了。

回到家里，我爸在看电视，见我回来，转头望了望我，又转了回去，没搭理我。我伸过头看电视，见是本地的晚间新闻，新闻里说，新上任的市长到西南老工业区调研，说要加大这一片的改造力度，用三年时间完成，然后用两年时间把这里打造成绿树成荫、花香鸟语的城市绿肺、世外桃源。再看老爸，就见他眼泪哗啦哗啦地淌了下来。

看来，西南老工业区要彻底变样了。

西瓜鸡

韩城是洪泽湖边的一个小镇，有着千年历史了，故事就发生在这里。

别的不看，就看镇西头的那座破山神庙瓦楞上厚厚的青苔，就看山神庙大殿前面那棵三个壮汉都搂不过来的银杏树，就看银杏树下那黑黑的泥土，你就不会不信小镇的历史了。

你可别小看镇西头的这破山神庙，说了你也许不信，当年，朱元璋还在这里住过呢！

那时候，朱元璋只有十来岁，死了爹娘，成了一个孤儿，无依无靠，四处流浪。有一天，不知不觉就流浪到韩城了，他觉得这儿有山有水，是个好地方，就留了下来。

他白天到镇上讨饭，总会到一个姓刘的财主家的私塾门旁晒太阳。刚开始，别人讨厌他，赶他走。人家赶的时候，他就走人，可是，一转脸，他又回来了。时间长了，别人也就见怪不怪，没人理会他了。

其实，他晒太阳是假，想学点东西是真呢！

时间久了，就有几个小孩和他玩到了一块了。小孩里头，有这家主人的儿子刘基，还有个叫徐达的，和他最要好了，他们经常从家里偷来饼啊肉哇什么的,给朱元璋吃。

朱元璋白天讨了饭,晚上就到山神庙栖身,倒也无忧无虑。

这天晚上,朱元璋讨了饭回到山神庙,感觉不对劲。原来,他在大殿供台上的铺被一个老头儿占去了。那老头儿浑身上下邋里邋遢,睡在朱元璋的铺上,呼噜打得震天响。朱元璋一看,这下糟了,我的铺被他占了我可怎么办哪?不行,我得喊他。于是,他就推了一把老头儿。老头儿醒了,睁眼一看,说:"你要干吗?"朱元璋说:"老爷爷,这个铺是我的家呀!"老头儿哼了一声,说:"这荒郊野外的,谁说是你的了?天说了,还是地说了?还是山神老爷说了?"

朱元璋一看没辙了,只好在门口凑合了。他找来一堆稻草,铺好了,刚要睡下,就听老头儿扑通一声掉到了地下。他赶紧跑过去,扶起老头儿,问他摔着了吗。老头儿说:"都怪你个兔崽子,你不能睡我旁边,看着些呀!"朱元璋又气又急,刚要和他吵,想一想,还是忍住了。他把稻草都挪到供台的下面,这样,可以随时看着老头儿,要掉下来的时候,他可以提醒他。折腾了半天,朱元璋刚要睡下,就听老头儿说:"我要喝水!"朱元璋迷迷糊糊的,摸起身边的葫芦瓢,起来到外面的破水缸里舀了水,端来给老头儿喝。老头儿喝了水,又呼噜呼噜地睡着了。朱元璋也赶紧睡下了。刚睡不久,又听到老头儿喊他:"兔崽子!兔崽子!你醒醒,给我找吃的,我饿!"朱元璋摸了摸身上,从褡袋里找出半块馍,递给了老头儿。这是刘基从家里偷出来的,朱元璋没舍得吃,准备做明早的早饭。这样一来,明早的早饭又泡汤了。

就这样,一连折腾了十几天,老头儿也没有走的意思。徐达看朱元璋这样受气,不干了,要把老头儿给赶走。朱元璋没同意,

我要找幸福

说:"他一个老头子,你把他赶哪儿去呀?我每天少吃一点就行了。"

一天傍晚,朱元璋讨饭回来后,发现老头儿没了,他急了,破庙前后到处找,好不容易才在一户人家的猪圈旁边找到老头儿,他连忙把老头儿搀了回来,打来水给老头儿洗脸擦身,安顿妥当,又把从一家娶新娘办喜事那儿讨来的半个大肉圆给老头儿吃下了。

原来,是徐达看朱元璋不在,叫了几个小伙伴把老头儿给撵走了。朱元璋知道后,很生气,要和徐达断交。徐达很惭愧,更佩服朱元璋的为人,保证下次再也不敢这样做了。而刘基把这看在眼里,也从心里对朱元璋更加钦佩起来。

第二天,老头儿忽然发起了高烧。朱元璋找来刘基和徐达,商量怎么办。刘基说:"我有办法。"就回家找来了专门做饭的长工马二。这马二是个很会烧菜的乡村厨子,同时还懂一点医,善用食疗的方法,头疼脑热什么的,吃他配的药膳就可以治好了。

马二来了后,看看老头儿的脸,又摸了摸老头儿的前额,沉吟一会,叫上刘基一块回家,和老爷说了这事。刘基的父亲也常听儿子说起朱元璋的种种事迹,也从心里喜欢这孩子了。他听说是朱元璋的朋友病了,二话没说,叫马二抓紧想办法。马二到厨房,切一个西瓜,掏出瓤子,杀了一只仔鸡,煸炒一下,放进西瓜内,加一些调料,又放了几味退烧的中药,封上盖子,上笼蒸。蒸好后,叫刘基带上,叫那老头儿吃鸡肉喝汤,很快就会好的。

果然如马二所说,老头儿吃了马二的西瓜鸡,很快好了起来。老头儿把朱元璋叫到身边,从怀里掏出一本书,摸着朱元璋的头说:"孩子,我观察你很长时间了,觉得你有帝王之相。实不相瞒,我乃一代兵神韩信之后,祖传兵书一本,我决定送给你,希望能对你得天下有所帮助!"

第二天早上,朱元璋起来的时候,发现老头儿不见了。

后来,朱元璋果然靠那本兵书,打下了江山。他感激韩信的后人给他献兵书,派人大兴土木,把破山神庙重新修葺,又在庙里为老头儿塑了一个金身,叫韩公。这个庙后来就改叫韩公祠了。

而马二早就被朱元璋带到宫里,做了御厨,他的淮安韩城西瓜鸡,从此名扬天下。

(本故事纯属虚构,意在宣传淮安美食文化,请读者明鉴)

蟹粉鱼腐

淮安韩城的东面有一个湖。

湖不大，但却是韩城百姓的宝湖。湖里盛产鱼虾和韩城人特别爱吃的蒲菜、芡实、茭白和莲藕。湖里放养的鹅鸭，也是韩城百姓的另一个收获。夏天，湖还成为孩子们的娱乐天堂，洗澡、逮鱼，再也没有比这更快乐的事了。

相传，有一年夏天，天像漏了底的水壶一样，下了十几天的雨，使得湖里的水朝外倒灌，村庄和庄稼悉数被淹没在水里。一时间，人民流离失所，饿殍遍野。没想到更可怕的是，这一场大雨，使湖里多了两个水怪，一个螃蟹精，一个鲢鱼精。

两个水怪好像是跟着雨水一起从天上下来的一样，从此搅得韩城再也不太平了。

本来村民们在水里放些鹅呀鸭呀什么的，增加些收入不说，下个蛋还能改善一下伙食。现在被两个水怪弄得什么也不敢放了。一放进去，立马就没有了，都成了两个水怪的口中之物。

这还不算，两个水怪对人也造成了威胁。一天，眼见着沈家孩子在河边洗澡，一不留神就被螃蟹精耍动着大钳，给活生生地拽进水里，从此再也没能上岸，成了螃蟹精和鲢鱼精的口中美食。张奶奶在田里忙活半天,到湖里去把铁锹洗洗然后打算回家做饭。可她来到湖边刚把铁锹伸到湖里,还没搅几下,铁锹就被鲢鱼精划水一甩,一口吞进肚子,也成了水怪的口中之餐。其他的像少只猪哇狗哇什么的,几乎就成了家常便饭了。

两个水怪成天为非作歹,祸害乡里。村里的几个壮小伙实在看不下去了,组织起来,手持特制的长矛在河边巡查,准备和两个水怪决战。可是,他们眼看着水怪在水里张牙舞爪地作怪,长矛一刺下去,结果连长矛带人都被水怪拖了下去!弄得村里又多了几个寡妇,吓得其他人纷纷逃跑。族长韩老爹组织村民准备弓箭,埋伏在湖边,见水怪出现后,万箭齐射!两个水怪一下子没了动静。村民以为水怪被射死了,连声欢呼。结果,喜悦还没从人们的脸上退去,就见两个水怪又从水里冒了出来。鲢鱼精蹦蹦跳跳地跟着横行霸道的螃蟹精,一起上了岸,鲢鱼精甩开划水,摆倒好几个人,螃蟹精伸出大钳,硬是活生生地钳走了两个后生!吓得人们四散而逃。

韩老爹受到惊吓,一病不起,没几天就含恨去世了。韩老爹去世之前,叮嘱村里的年轻人,一定要把水怪制服,还村庄一个太平!

由于知道水怪的厉害了,从此,再也没有人敢靠近湖面一步了。盛产鱼虾的湖,变成了害人的湖,韩城百姓扶老携幼,哭哭啼啼地远走他乡。

不承想,韩城老百姓的怨气飘到了天上,被到花果山探亲的孙悟空看到了。孙大圣因为三打白骨精被不识妖魔鬼怪的唐僧赶走,一气之下回花果山老家来了。孙大圣见状,忙按住云头,朝下一看,原来是淮安地面上升起的怨气。好在这地方离自己的老家花果山不远，又是邻居，有什么怨气这么大呢？想到这，孙悟空一个跟头翻了下来，化成一个锄地的老汉，来到韩城东的湖边，坐下来抽起旱烟。他四下看看，看不到一个人影，正怀疑怨气是不是从这里发出的呢，忽然，就被一股巨大的吸力拽到了湖里！

孙大圣心里说：乖乖，玩到你孙爷爷头上来了！我倒要看看你是什么来头！

话说孙大圣被螃蟹精吞进了肚子，这螃蟹精道行太浅，他哪知道吞进肚子的是大闹天宫的孙爷爷呀？要是知道，还不早收起蟹钳溜得远远的？可惜，他知道得太迟了，就见孙大圣不慌不忙地从耳朵里取出金箍棒，唰唰地舞动起来，只疼得螃蟹精翻江倒海，连喊饶命！孙大圣哪里肯依，跳出水面，啪啪就是两棒，鲢鱼精和螃蟹精就被取了性命，漂出了湖面。韩城百姓一见孙大圣来给他们除害，一齐跪下，表示感激之情。孙大圣哈哈大笑，说："我的生命是你们淮安的老夫子吴承恩给的，要谢就谢他吧！"说罢，一个跟头翻上云端，转眼就无影无踪了。

韩城人民把两个水怪丢甲破腹，取心摘肝，一村人吃了三天才把两个水怪吃完。他们把螃蟹身上最好的部分——蟹黄加以炒制，又把鲢鱼身上最嫩的部分——鱼腐取下来，请镇上最有名的厨师加以精心烹制，制作成蟹粉鱼腐。然后，大伙来到郊外《西游记》的作者吴承恩的墓地，祭祀吴老夫子。因为这一天是阴历七月初九，从此，韩城人七月初九吃蟹粉鱼腐就成了风俗，一直流传至今。

外地有耍猴的卖艺人，韩城没有；外地有吃猴脑的食客，在韩城更是绝不可能存在。

这都是因为他们对孙大圣怀着感激之情。

靖二馄饨店

和前两年一样,今年儿子一家四口还是没回来过年。

年前视频聊天时儿子说:"爸,妈,今年就不回去过年了,明年再回去看望你们吧!"老李思维停顿了有十几秒才说:"好的好的,你们照顾好自己,你把我孙子孙女带好,不要记挂着我和你妈。"

老李把包好的四个红包又拆开,红彤彤的钞票,又归了总,叠在一起收了起来。老伴说:"这红包留着吧,明年还能用的。"老李不屑:"明年买新的!"老伴嘀咕一句。老李没吱声,他心里在想:前几年没回来情有可原,今年应该回来的,孙子都七岁了,以前是每年回来一次,现在倒好,三年没回来了。老伴更想着小孙女,都三岁了,还没抱过呢。隔三岔五的手机视频,哪里有抱在自己怀里那么贴心贴肉?

年初二吃了中饭,老李决定和老伴一起去老淮城逛逛。本地政府这几年特别重视人才工作,老李是正高级职称,人才办发给他一张"英才卡",坐公交、到景点什么的,刷一下卡就行了,都免费。每回当读卡机读出"英才卡"时,老李就会把腰板挺一挺,自豪感油然而生。

老两口坐有轨电车,不一会儿就到了老城。逛了河下古镇和漕

我要找幸福

运博物馆，一看时间不早了，老伴问："老地方？"老李点头。

他们的"老地方"，是西长街那个靖二馄饨，吃了几十年了，总忘不了那一口老味道。

靖二馄饨店只有两间小门面，一间是操作间，一间摆着五六张方桌。忙的时候，里面没地方坐，有人就端着大碗，站在门外的路边，吸溜吸溜的，也吃得有滋有味。

店里人不是太多，刚过完年，应该是大伙肚子还没腾出空吧。老李要了一碗肉馄饨，一碗荠菜馄饨。不一会儿，两碗热腾腾的馄饨上来了，肉的那碗面皮晶莹透明，里面的肉馅儿粉粉的，诱人，像春天里迎面跑过来的小姑娘的脸，红扑扑的，喜人。荠菜馅儿的那碗碧绿晶莹，一个个翡翠一样窝在青花瓷碗里。

老两口一人一碗，有点烫嘴，得慢慢吃。

外面停了一辆车，下来几个人，有大人有小孩。小孩子叽叽喳喳地望着什么都新鲜，碰碰这里，摸摸那里。大人到操作间去张望张望，和老板说着什么。

老李虽然低头品尝馄饨，耳朵却竖起来听着来人和老板讲话，觉得声音耳熟，抬眼一看，背影有点像是儿子！怎么可能呢？老李自己否定了自己，又低下头数起了馄饨。说心里话，他还是担心儿子一家的，手机上看新闻，知道儿子所在的国家最近不太平，心里老是悬着，既不能问儿子，就像怕惊醒一个好梦一样，也不敢和老伴说，只能装作没事人一样。老伴见他朝刚才进来的人望，问他望什么。他说："有点像咱儿子。"老伴一听，转头望了望，惊喜地说："不是儿子是谁呀！"就喊："大宝！大宝！"

那边年轻人一愣，立即转过头来望，拽着身边那个女的就跑过来说："爸，妈，怎么你们也在这里呀？"

老李抑制着心里的高兴，板着脸说："我们在这里有什么奇怪的？倒是你们在这里有点奇了怪了吧？"

老伴早跑过去把孙子孙女拉了过来，和儿媳四个人另坐一个方桌，嘘寒问暖起来。

儿子坐下说："小时候你就常带我来吃。"

"你能记得就好，味道有记忆，也长着脚。"老李说，又疑惑地问，"怎么回事，你们？"

那边老伴已经张罗着儿媳和孙子孙女吃上了，儿媳用汤勺舀起一只胖胖的翡翠一样的馄饨，用嘴吹了吹，送到孙女嘴边。儿子朝他们望了望，也很享受地吃了两个馄饨，开心地说："还是那个味呀！"

儿子告诉老李说，他们本来没准备回来，因为那边经常发生骚乱，最近又发生了政变，政府军和叛军打得激烈，他们天天待在家里不敢出门。媳妇和他商量，咱还是回国吧，国内发展日新月异，到处欣欣向荣，而且，家乡政府对人才特别渴望，许多好的政策对他们这些在国外的人才很有吸引力。儿子举棋不定，最终，一颗子弹使他下定决心同意了妻子的建议。儿子说："那天，我媳妇和孩子们在屋里玩，我站在窗口向外看时，一颗子弹打穿了窗玻璃，从我耳边呼啸而过，又打碎了客厅里的电视机！给我们吓坏了，我当场下决心说：ّ回国！'"

"在大使馆的协助下，我们辗转了三个国家，最后从泰国转机回到了祖国！"儿子说，"打车回来的路上，我的味蕾被靖二馄饨勾了出来，于是，就先直奔这里了。"

"不走了？"

"不走了！"

老李喜不自禁，高声对着操作间喊："老板，来两份速冻的馄饨，打包我们带走！"又对儿子说，"晚上咱爷儿俩喝两盅！"

我要找幸福　　227

老赵面馆

要说，这家小面馆，位置真不怎么样。开在一个背街巷子里，店招叫"老赵面馆"，店面也不大，二十来平方米，摆着五六张长条桌。长条桌又不高，大概三十厘米，所以，它所配的凳子也不高，只有十来厘米的样子。顾客在店内挤来挤去时，坐着吃面的人的头部常常会抵着他们屁股。

一个老头儿就是找了两天才找到这里的。他看了看门面招牌，又伸头朝灶间仔细看了看正在忙碌的老板后，才进了店。老头儿并不太老，五十来岁的样子。

"老赵面馆"的老板本来是打工的。多年前的那一天中午，他两手空空，腹中饥饥，流落到这家面条店前，望着吃面条的人有滋有味地吃，口水滋滋地往外冒。他忽然站不住了，一下子瘫倒在店门口。

当时的面馆老板吓了一跳，跑过来扶他坐到凳子上，看着是饿的，就给他下了一碗面。小伙子睁眼一看面条，眼冒金光，三口两口就将面条扒进肚里。神，回来了。他吃了面就帮老板干起了活，收拾碗筷，抹桌摆凳，扫地倒垃圾。人倒是勤快。

下午两点，没有顾客进门，老板也歇了下来，看着小伙子忙里忙外的，摇了摇头，拖一个小凳子坐下，掏出烟，弹出一支，自己点上。缕缕蓝幽幽的烟雾笼罩着他。

小伙子叉着手站在老板旁边，讪讪地笑。

小伙子就留了下来，和老板一起干活，晚上睡在店里。

不忙的时候，老板叫小伙子去公园转转，玩玩，"看看我们这地方的景致"。

小伙子憨憨地搓手，摇摇头，到处找事做。站在桌子上擦擦吊扇，擦擦桌子凳子腿，甚至是面条店的招牌，也隔三岔五地去擦擦。实在没事做，就帮老板捏捏肩，敲敲背。

他没有手机，也没有熟人来找他玩，就待在店里，没事就翻着一本有些破损的《三国演义》。

老板没熬过小伙子。那年夏天的一个中午，正忙着下面的老板一个脑出血，走了。

小伙子安排了老板后事，边开门营业，边等着老板的亲人来接手面条店。一等，就是十几年，也没人来问起老板的事。店招"老赵面馆"他也懒得换。有人问他："贵姓？"他就指指店招，也不说话。于是，人家都喊他"赵老板"。

旁边开理发店的小老板，看他老大不小的，就把自己在农村的姐姐介绍给了他。

也没办什么手续，在郊区租了个小房子，就算个家了。

一人店就变成夫妻店，生意不好不坏。

如今，儿子上小学六年级，女儿四年级，他每天骑电瓶车接送，前面站一个，后边坐一个。他和前面的说两句，又和后面的说几句，满足得很。

店里多是回头客。这几天，赵老板发现一个生客，五十多岁的

我要找幸福　229

老头儿。

　　老头儿已经在面条店吃三天了。每顿都是一碗拆骨面，一头大蒜，两个卤蛋，一瓶珠江啤酒。

　　赵老板讲的是半通不通的普通话，夹着粤语，没人能听出他是哪儿的人。但是，有个别字音改不掉。比如，他会把"开会"说成"开费"，"飞机"说成"灰机"。

　　老头慢慢地咂着啤酒，赵老板不忙了，就喊过来聊聊天。

　　赵老板看老头儿像个干部，就问："到这边开费（会）的吗？"

　　老头儿一愣，望他，笑笑说："不是，儿子考公务员考到这里了。"

　　"哦，"赵老板又问，"坐灰（飞）机来的？"

　　老头儿一乐，明白了什么，说："高铁。"

　　隔天，老头儿带一个二十多岁的小年轻来了，赵老板以为是他儿子。小年轻睁着一双老鹰一样的眼睛，这里瞅瞅，那里望望，望得赵老板浑身不自在。

　　老头儿说，我侄子，在这边的大学里读研究生。以后少不了经常到你这里打打牙祭，改善改善伙食。

　　赵老板笑着说："研究生，小伙子优秀哇。"研究生盯着他看。他不喜欢那样的目光，转过头去了灶间，忙着下面去了。他老婆却一脸开心，燕子一样飞过来说："太好了，请研究生经常过来，也好辅导辅导我们家两个伢子呀。"研究生一听，眼光有点平和了，像是有点羞涩。

　　老头儿冲灶间忙碌的赵老板望望，点上一支烟，和研究生对视一眼后，两个人站起来，一起走到灶间门口。

　　老头儿忽然大喝一声："马富贵！"

赵老板一个激灵，手里的勺子咣当一声掉在地上。他一脸惶恐，缓缓转过脸来。他看到老头儿一脸的严肃，短短的灰白头发茬一根根竖立，和研究生一起像两只老鹰般守在灶间门口。研究生想冲进去，老头儿制止了他。老头儿得到确认，赵老板就是他们要找的人，笑了笑说："你先忙。"

等赵老板忙清了，坐到老头儿和研究生的桌子旁，目光复杂地望着老头儿。老头儿掏出证件给他看了看。他要给老头儿开瓶啤酒。老头儿笑着说："今天就算了。你和他们说一下吧，等会儿就得跟我们一起回去。"

研究生守在门口，赵老板过去和老板娘耳语了几句。他看起来很轻松，老板娘点了点头。

老头儿示意赵老板和研究生到灶间去一下。

从灶间出来，赵老板被手铐铐着的两只手相扣，自然地搭在小腹上，手上面搭着一条白毛巾。

三个人一起走出面馆。赵老板忍不住回望一下，眼里蓄满了泪光。他知道。从今晚开始，他可以睡上安稳觉了。

孙子的"同事"

这两个人，一个五十多岁，一个二十来岁，他们在小区里已经转了半天。最后，他们来到 19 号楼门前的小广场上，找个能看到楼梯口的石墩坐了下来。五十多岁的人掏出烟，抽一支叼在嘴上，二十来岁的人马上从口袋里掏出打火机，给他点上火。然后，他们闲聊了起来，眼睛不时朝 19 号楼楼梯口瞟。

天慢慢地就上起了黑影。小区的路灯亮了，许多老年人吃过晚饭，三五相邀，外出散步，或者朝着广场舞音乐响起的方向奔赴而去。

这时，有一个染着红头发的年轻人，手里拎几个袋子，里面看上去装满了各种食品，他四处张望一下，进了楼梯口。

五十多岁的人马上熄了烟，咳嗽一声，二十来岁的人马上收起手里正看着的手机，同时也收起了看手机视频时产生的笑容，目光转向楼梯口，又转回来望着五十多岁的那个人，双方眼神交流了一下。

十分钟后，他们坐电梯来到十五楼，观察了一下，五十多岁的人示意一下，二十来岁的人上去敲门。

好一会儿，门才打开。"红头发"起先还没反应过来，等他反应过来想夺门逃跑时,已经被二十来岁的人控制住了,说:"不许动!我们是……"五十多岁的人早闪进了门,眼睛一扫,看到客厅沙发上斜躺着一个老太太,立即转身打断二十来岁的话说:"小李,别开玩笑了,你俩怎么到一起就闹!"

老太太抬头朝门口看,她耳朵有点背,没听见什么,见有人进来,问红头发:"孙子,谁呀?"老太太看起来有七十来岁,身体不是太健康,有点虚弱,旁边沙发上放着几袋打开的各种食品。

红头发刚想说话,五十多岁的人抢着说:"奶奶,我们是你孙子的同事,来找他一起出趟差,不好意思,打扰您老人家了!"

"哦,好哇,"老太太说,要站起来,五十多岁的人上前轻轻按住了她,"我孙子同事?快倒茶呀,孙子,好久没有人上门了……"

自从这两个人进门,"红头发"就明白东窗事发了。他有好多天没进这个家门了,这一阵一直东躲西藏,今天实在不放心一个人在家的奶奶,冒险给奶奶买点吃的送过来。

五十多岁的人好像思考了一下后,从口袋里掏出皮夹,数了数里面的现金,都掏了出来,递给老太太说:"奶奶,您孙子在单位表现不错,这不,我们和他一起,把奖金送到您这里了,怕他乱花钱。"说着,就把钱塞在老太太手上。

"真好哇,孙子有出息了!"老太太一边接过钱,一边问,"您是领导吧?快请坐呀!"

"嗯,是的,"五十多岁的人说,"我是他的科长,你孙子在单位表现不错!"他用眼望了望"红头发",见"红头发"已经安静下来,羞愧地低下了头,又大声说,"我们都希望他以后更加努力,脚踏实地,做得更好,给奶奶争气呀!"

"感谢领导的教育和培养!"老太太很高兴,望着"红头发"

笑得合不拢嘴。二十来岁的那个人则眼睛紧紧盯着"红头发","红头发"用袖子擦着自己的眼角。

"奶奶,我给您介绍一下,这是小李,等一会儿我们三个一起出差。"五十多岁的人指着守着门口的二十来岁的人说,"在单位小李和你家孙子处得最好啦。"二十来岁的人的冷峻脸色马上阳光明媚起来,堆起笑容,配合着使劲点了点头。

"快请坐!快请坐!"老太太热情地招呼着。

"奶奶,这几天您老就一个人在家了,自己照顾好自己呀。"五十多岁的人叮嘱道,又对"红头发"说,"小子,给奶奶道个别吧!"

"红头发"的眼泪彻底控制不住了,哗哗地淌,像是要洗刷掉什么似的,好像也真的洗刷掉了什么。

告别老太太,三个人进了电梯,"红头发"很自觉地伸出双手,二十来岁的人咔嚓一下把他铐了起来。五十多岁的人脱下自己的外套背心,搭在"红头发"戴着手铐的双手上。外人看起来,红头发倒像一个休闲的男生。

出了电梯,两个人带着"红头发"上了一辆普通轿车。

第二天上午,上班后,五十多岁的警察老朱,走进红头发所在的社区居委会。

当老朱从居委会走出来时,二十来岁的警察小李和涉嫌电信诈骗的红头发谢大宝从车窗里看到,居委会马主任热情地把老朱送出来。老朱又回头叮嘱着什么,马主任不住点头,说:"请您放心,我们一定把老人照顾好!"这话,小李和谢大宝都听到了。

小李发动了车子。老朱和谢大宝并排坐在后排座,他拿过搭在谢大宝手上的背心,套在身上,眯起了眼,他要休息一会儿,太累了。小李和谢大宝却各自想着心事。

你看桃花朵朵开吗?

上班途中,接到大哥打来的电话。

大哥是我的堂哥,今年已经快八十岁了。大哥说:"你看不看《桃花朵朵开》节目?"

我说:"没听说过。"

"你今晚看看吧,晚上九点十分开始,看过后我再和你说件事。"大哥说完就挂了电话,弄得我云里雾里的。

大哥比我大二十多岁,我工作时他已经做到区统战部副部长了。他是南京大学俄语系毕业的,文字功底不错,经常在报上发表文章。省内的报纸不说了,就连香港的《大公报》《明报》什么的,他也发表过多篇赞美苏北这座小城的报道,在区里很有名,号称"韦大学"。我在学校读书时就比较喜欢文学,还创办过文学社,是个标准的文学青年。毕业后,和大哥在同一个城市工作。我给本地日报副刊投稿,总是泥牛入海一去不回。于是,想请大哥帮忙,把我的稿子推荐给报社老总。报社总编辑是大哥的高中同学,在大哥家吃饭时遇到过几次,大哥还帮我介绍了一下。没想到,大哥一点面子也不给,说:"报社还是要看作品质量,好作品没有哪个编辑不喜欢的,你自己先把文章写好。"

我要找幸福

后来，我自己努力，文学创作取得了一些成绩，目前，担任我们这地方市作协的副主席，多少也算个文化人。

大哥有一儿一女，都已结婚成家。女儿两口子都在我们这地方最好的国企——烟厂工作，收入可观。儿子原来在外资企业工作，时髦了好一阵，眼看他吃香的喝辣的，眼看他下岗了，下岗后，做过许多工作，总没个定性。后来老婆不陪他玩了，离婚走人，留下一个女儿，在大哥大嫂身边带着。

晚上，我看了《桃花朵朵开》节目，原来是类似于《非诚勿扰》的相亲节目。十二个中老年妇女坐成两排，一个老头儿上来展示才华、身体状况和收入，然后双向选择，寻找自己的意中人。我不明白大哥让我看这个节目的目的，就想到了三哥。

第二天晚上，我到三哥家喝酒。三哥是大哥的亲弟弟，但是，他和大哥没有我和大哥走得近，因为大哥把自己当成领导，和我们说话总也改不了居高临下的语气。大嫂常会提醒他，每次他都笑笑说下次改。可是下次同我们讲话时，他依然是个思路活络、逻辑清晰、一副恨铁不成钢的说话风格，然后"遥想当年"，自己如何如何。

三哥说："大哥最近遇到麻烦了，他儿子在外面欠一屁股债，债主找到大哥家，让他子债父还，要他卖房子还债，否则把他一家告上法庭。"

"这可真是麻烦事！"我一听，也为大哥发起愁来。

"儿子也回家和大哥大嫂要钱，一言不合，就把家里砸个稀巴烂！"三哥告诉我说，"大哥一气，把儿子撵出了家门，断绝了父子关系，还到公证处进行了公证。"

"这小子，打小就没让人省心过。"我想起大哥家儿子小时候经常逃学和同学溜冰、上网吧、酗酒，便替大哥难过。"这样也好，大哥两口子每个月有退休金，不管儿子这些乱七八糟事了，倒也落得个清净！"

"唉，一言难尽哪，"三哥叹了口气，"哪家都有本难念的经。"

过一天，大哥电话又打来了，问我《桃花朵朵开》看了没有，我说看过了。

"不错吧？很有意思，"他说，然后不等我说话，就说开去了，"我觉得这个节目很有推广的价值，目前只有一个台在搞，全国没有第二家，我写了一个方案，你有空帮我看看，我准备请本地今世缘酒厂赞助，这也符合他们的价值取向，有缘千里来相会，我想他们一定会支持赞助的，然后找家电视台联系，把这个节目运作起来！"

我不得不佩服大哥的创意，赞叹他这么大岁数了，思维还这么活跃，说心里话，我平静的心就像波澜不惊的池塘一样被他这一阵春风吹皱了，起了无数的小涟漪。

"大哥的创意不错！"我赞叹。

"呵呵呵，"大哥笑了，"这样，他们多少要给几万块钱的创意费吧？钱对谁来说也不会烫手吧？"

大哥的想法固然很不错，但是，如果这个节目果然不错，全国这么多电视台的导演和策划都是吃素的？但是，我不好和大哥说这些，就问："大哥，你和大嫂退休金每个月有近一万，还折腾这些干什么？"

"唉，"电话里大哥叹了口气，说，"还不是想多弄点钱，为你那不争气的侄儿早点还债吗……"

我正不知说什么是好，电话那头，忽然传来大哥哽咽的声音。

我要找幸福　　237

三家村神话

在我们这个地方，有一阵子忽然特别重视起教育来。

尤其是高中，市里的和各县区的高中，都一窝蜂地异地重建了，一个比一个高端大气上档次，一个比一个占地面积大。这一方面是教育发展的需要，另一方面是中考生源量增大的原因。

我表叔是一个区里的高中校长。

表叔的学校也异地重建了。市里规划了一块离城区十公里的新地方，左边和对面都是市里单位搬迁的新址。三个单位都是异地重建，几乎是同时开的工。那个原先偏僻的地方，如今成了热火朝天的工地，一些小摊小贩、做快餐的、开洗头房的、收破烂的，如鲫鱼过江，追随而来，一时人来人往，热闹非凡。

表叔的内人，也就是我表婶，她有个表弟是做厨师的，原先在市区一条背街小巷开一个"吃吃瞧"小吃部，每天做不了多少生意，常常是门前冷落车马稀。表婶就在枕头边和表叔哭鼻子，说："我姑姑家表弟太不容易了，你得想想办法。"表叔说："我有什么办法？他那个店太寒碜了，我的关系也带不过去呀？就是带过去，也坐不下来呀！"

表婶说："你和附近单位搞基建的领导熟悉，让表弟到你们工地旁边开个饭店,你们三个单位罩着,还愁生意做不起来呀?"表叔如醍醐灌顶,一拍脑门说:"你看我这脑子!"

于是,表婶的表弟朱三,就在离三个单位的建筑工地不远的一块空地上,搭了三个简易大棚,开了一家饭店,起名叫"三家村夜话"。

饭店开张大吉之时,表叔把附近单位的分管领导都请了过来,一时鞭炮声响彻云霄,硝烟弥漫,大地红遍。

杯盏交错,酒酣耳热间,表叔满怀深情地说:"'三家村'好哇,预示着我们三个单位铁打的兄弟感情,以后希望大家经常过来'夜话夜话'呀。"大家表示理解,都说一定一定,在哪儿也是吃饭,在哪里也是消费。

三家村夜话生意不能不好。表叔学校新校区投入过亿,工地上有乙方和监理、各种材料供应商、分包工头,这哪里是吃饭哪?简直就是吃"金子"呀!后来朱三对我们说:"那时候生意真是做飞起来了,招了八个人干活,有时候一只老鳖炖西洋参,端上桌子根本没动筷子,直接就端到另一桌了,最多端过五桌!一只老鳖炖西洋参成本一百块不到,菜谱价三百块,卖了五次就是一千五百块呀!我过几天就要朝表姐家跑一趟,一是送些好吃的给表姐,二是及时把真诚的谢意给表姐表达上。有一次,我送两箱好酒给表姐,表姐带我到她家仓库,看得我眼花缭乱,光是茅台酒就有老多了呀!

朱三还告诉我们说,附近单位的人也会来吃,但是没有学校来得勤,而且他们吃饭也理性,不会像学校那样胡吃海喝。

后来,表叔的新校区落成了,两千多名高一新生欢天喜地入驻新校区。表叔在开学典礼上踌躇满志,慷慨激昂,充分发挥了他那

我要找幸福

超级演讲家的水平。可是，他一走下主席台，就被早就过来的市纪委同志带走了。纪委同志还是给他留点面子的，因为，里面有一个是他的学生。

没几天，表叔就被带到了新学校对面的刚交付使用的市看守所，成了市看守所新址的第一批"客人"。恰逢看守所新老领导交替，新老领导都是表叔的熟人。送旧迎新，表叔羞愧难当，感慨万千，老泪纵横，竟无语凝噎。

有人问："三家村夜话"在此刻又在哪里？

当然早就关门了。

老板朱三带着他的第一桶金，回到家乡，融入乡村振兴的洪流之中，搞起了乡村农家乐，据说，名字改叫"三家村神话"了。

老师，对不起

我和另外两个同事开车来到桃州中学。

车到阔气豪华的学校大门口，我向门卫亮了下工作证。一个跷着二郎腿正在和另一个说笑的门卫，漫不经心地接过去。当他一看清我的证件，立马机械地站了起来，敬礼，双手把证件递给了我，立刻示意另一位门卫也站起来，遥控开启了大门。

按照我们事先掌握的情况，今天桃州中学正在进行搬入新校区后第一届高一新生的开学典礼，校长余得水此刻正在主席台讲话。不用现场聆听，我也知道余校长的讲话一定异常精彩，学生们一定听得如醉如痴，激情万丈，相信每个人都会对三年后的高考志在必得。

余校长曾经是我的语文老师，然而，我要对不起老师了，我要和同事一起带走他。

进了大礼堂，同事意思是立即带走主席台上激情讲话的余校长，我示意稍等，等曾经格外令我尊敬和崇拜的老师把话讲完，给他留点尊严。

我是在桃州中学老校区读的高中。那时候，余校长是年级组长，也是我们的班主任。他的语文教学在市里是一块招牌，在全省也有一定的知名度，因为他不仅书教得好，文学创作在省内也小有名气，出版了几本文学作品集。

余老师真正注意到我是在高一的第二学期。因为我没有凑够学费，不好意思到学校来。余老师骑着电瓶车，赶着三十公里的路来到我家，他这才知道我是个孤儿。我三岁时父母在一场车祸中丧生，爷爷没过几天也急火攻心，甩手而去，我是跟着奶奶吃着政府救济、在庄邻的帮助下长大的。余老师轻轻拍着我的背说："没事，你明天到学校来吧，有老师在！"临走时，余老师丢下三百元钱给奶奶。

第二天到学校，余老师告诉我，他向校长为我申请了校长奖学金，以后上学，就都不用再交学费了。我在学校食堂吃饭，为了省钱，早饭就吃奶奶做的大饼，就着咸萝卜干，喝点凉水。中午和晚上，吃免费的米饭，喝免费的菜汤。余老师每天晚饭都会到食堂，递一个咸鸭蛋给我，说是学校给老师的福利，他自己血压高，不能吃，请我代劳。多年以后我才知道，所谓的校长奖学金纯属余老师虚构，学费都是他自己帮我垫付的。至于咸鸭蛋，完全是余老师自己买来的，他也没有什么高血压。

大学毕业时，我考上了省委组织部的选调生，被分配在本市的乡镇工作，两年后被调到了市委组织部。

有一次，公务员招录考试的笔试在桃州中学设考点，我和市纪委、人社局的几个领导去考点巡视，在考务办看到了余老师，他已经是桃州中学的校长了。余校长见到我很高兴，非要拉着我到他的办公室去坐坐。他不让我喊他校长，说还是喊老师亲切，他也有成就感。说完，他爽朗地笑了起来。

余老师的办公室十分气派，有一间教室那么大，老板桌上摆着鲜艳的国旗和党旗，偌大的一个地球仪很显眼地摆在桌子左手边。办公桌后面是几个红木书橱，里面摆满了各种政治、经济、教育、哲学方面的书籍，看得我眼花缭乱。书籍中，有好几本是余老师自己的作品，有文学作品集，也有教学方面的专著。余老师嘱咐我：要为人正派，用好自己手中的权力，努力为人民服务好！我和余老师说起读书期间的事，再次感谢余老师对我的帮助。余老师笑着说道："臭小子，你还记着这些陈芝麻烂谷子干啥？你如果在我当时的位置，也会那样做的。"

有一回，在省里某个部门做处长的一个学生回来了，余老师组织饭局，把他在市里、区里几个得意的学生都叫过来了，有好几个都是县区长、局长级别的了，我也在列。饭桌上，每人一包软中华，喝的是五粮液。席间，除了清一色他的学生外，还有一个四十多岁的老板，余老师让我们称他胡总。胡总对余老师俯首帖耳，关系看起来就不一般。

想着余老师对我的种种的好，望着台上还在慷慨激昂讲话的他，我眼眶发热，内心翻滚，不知道如何面对即将到来的难堪。

开学典礼结束，学生散去，我们走向众人簇拥着的余校长。

余老师看到我，哈哈笑了起来："小子，提拔到纪委做领导了，也不请我喝杯茶？"又对身边人骄傲地说，"看到没，我这个学生有出息了，做到市纪委室主任了！副处级，和我一样！"

"老师，对不起，今天我们就是来请你去喝茶的。"我附在他耳边轻声说。

余老师脸色突变，神情落寞，对我点了点头说："我配合你的工作。"

我让开车的同事慢点开，在校园里转了一圈。余老师目光深情地望着窗外，望着崭新的教学楼，望着图书馆，望着他的办公室，望着走来走去的老师，望着在操场上奔跑的学生，眼角湿润了。

帮　忙

　　早上下楼去上班的时候，李二就带着一肚子气。一碗面条吃了一半，老婆范莎还在不停挖苦他窝囊："你看看你，每天就知道这个饭局赶到那个饭局，今天认识了张局长明天认识了李主任，有用吗？到现在闺女上学还没着落，小区里几个孩子都落实好了，就连开面馆的朱胖子家孩子都欢天喜地去新区实小报到了，你还有什么脸面在小区混！干脆把头缩到裤裆算了……"

　　李二哪还有心情吃饭？他推开面条碗，抓起旁边的手持包，砰的一声把范莎的声音关在了家里面。

　　小区大门口，保安老王拿着扫把，这里扫扫，那里划划，见了李二，连忙问好："早哇，主任！"李二递了支烟过去。这个老王是个热心肠，帮这个业主开个门，为那个业主拎个东西，小区里大多数业主他都对得上号。对看起来像干部模样的，老王一律喊"主任"。李二对老王有好感，没事喜欢和他站一会儿，聊聊天，很有优越感。不像另一个保安老张，见面也打招呼，但是喊李二"小李"。

　　李二到小区门口的公交车站台等班车。他想了想，给祁局打个电话吧。前几天祁局说过了，这事包在他身上。号码拨好了，他又划拉过去了，还是改为微信吧，人家毕竟是领导，突然打电话不好。

祁局是几年前一个饭局上认识的，后来又遇到几次，很够意思，当时李二加了他的微信。他仗义，说："小兄弟，以后有什么事情跟哥说！"又把姓名单位职务电话号码推送给李二。李二受宠若惊，他还没有处级干部朋友，这是莫大的荣誉呀！

"祁大哥，打扰了，我孩子上学的事，麻烦您了！"跟着消息，又送上三杯咖啡和一个抱拳一并发过去了。

整个上午，李二都心神不定，不时划拉着手机，生怕祁局回话他没及时看到，既不礼貌，又耽误事情。一直到上午快下班，祁局才回话"收到"。

"收到"？这让李二抓狂，到底是能办还是不能办？李二憋了半天，厚着脸皮又跟了一句："祁局，请您一定关心！"

下午三点多钟，祁局发来消息"请与实小马校长联系，手机×××"。李二按下激动的心，连发一长串抱拳和双手合十的表情，好像抓到了救命稻草。

可是，祁局提供的号码，他打了几次都是关机，发了短信，对方也没回。

晚上喝了酒，回到小区时已经九点半，见老王还在，李二就奇怪了，老王不是一直上白班吗？这么晚怎么还没有走？想想家里的"母老虎"，不如再迟会儿，等老婆睡着了再回去。于是，就拐进保安室，和老王聊聊天。

老王哈气连天，说是今晚替老张代班。见李二唉声叹气，老王问怎么回事。李二酒犯心头病，忽然哭了起来，眼泪哗哗地就下来了。老王慌了手脚，连忙倒了杯水给李二。李二望着老王，想起自

我要找幸福　　245

己早逝的大哥，觉得不如跟他一起去算了，呜呜咽咽地就倒起了苦水。见老王一边听着，一边皱着眉头做思考状，李二想，也许他想到了自己孙子孙女上学的事情了吧？都是天涯沦落人哪。至于和老王说了些什么，李二一点也没印象了。

  第二天，李二上班时没遇到老王。下班回来，见老王也不在，当班是老张。李二不喜欢老张，反感他见人就拿出手机让人看他的土洋结合的两个新西兰外孙女。

  李二女儿如愿以偿上了实小。他每天接送女儿上学放学，还会遇到老王。老王看着他们父女俩一起说说笑笑，也开心得很，一副满足的样子。老王一定会嫉妒我女儿上实小吧？李二想。

  一天晚上，在一个饭局上，李二遇到了马校长。李二站起来敬酒，说多亏了当初祁局搭桥介绍马校长，他的女儿才能到实小上学。马校长问了问具体情况后说："那年老祁跟我说了三个孩子，怎么能都解决？我老丈人在你们小区做保安，那天到我家跟我说，小区里有个孩子，父母为了她上学的事情，弄得要离婚了，男的还说要跳楼，就是你喽？"

  李二一脸的尴尬，呆在了那里，想起了老王，想起了祁局，心里面忽然泛起了一阵酸楚。

窝　囊

刚和你老兄认识不久的一个晚上,我的几个哥们儿从泗阳来看我。我们都刚刚走出校门才踏上工作岗位不久。社会对我们来说无疑是一个未知的领域,让我们感到既新鲜又迷惘。新鲜好奇的是这个领域竟这么大,一辈子也了解不完;迷惘的是踏入这个领域的第一步该怎么走。

有朋自远方来,不亦乐乎。父亲那该死的"好客"因子毫无保留地传给了我。我加了几个菜,一帮哥们儿喝着酒叼着烟,云天雾地地大谈特谈起狗屁社会经验来了。什么知人知面不知心、社会关系是一张奇大无比的蜘蛛网等,都摇头晃脑,假装深刻起来。这些话都是最好的下酒菜。酒逢知己千杯少。八个哥们儿一下子喝了五瓶家乡洋河的酒,可谓战功显赫也。

然而,这五颗手榴弹的威力也不含糊,把这帮浑小子哥们儿醉得东倒西歪,晕头转向。皮鞋在地面上奏起了动人的旋律,肥美的臀部也在昏暗的灯光下画着优美的弧线。据说,这就是叫什么迪斯科的。这下却苦了住在楼下的你了。你新近添了个千金,本该是要安静的,我们这座楼隔音不好。

一杯浓茶两个橘子塞进肠胃后,打开窗子,我一下子想起了

我要找幸福

你，这已是午夜十二点了吧……我想，如果我们俩换个位置的话，我早已蹿上来赏你几个耳光了，那音响一定不亚于美妙的爵士鼓。

你为什么不生气！

我拎起一只空水瓶下楼，把你的门擂得山响，大叫道："本柱，开门！"你马上把门打开了，你女人冲我翻了一个白眼，嘴里嘀咕了一句什么。你冲她瞪了一眼，咳嗽一声，她便不再言语了，将她那张迷人的脸背了过去。你笑嘻嘻地望着我。

"来瓶开水！"

你马上从桌子底下拿出两瓶，关切地问："一瓶不够吧？"我夺过你手里的一只水瓶，把空水瓶朝桌子上一顿，不认识你似的望了你半天，忽地转过身，把你的门狠狠地关上了。站在墙角处，我哭了……

是的，我哭了。我哭哪门子呢？

护工奚大姐

父亲病了,在老家的县医院检查,是肺部肿瘤。

妹妹和我商量,说怕老家医院治不好,还是到市里来吧,市里医疗技术和条件好。接电话的时候,我正在和市二院的几个医生喝酒,就问了一下他们。他们都说没问题,二院有先进的靶向治疗技术,有把握的。

第二天,妹妹就带父亲过来了。

在市二院办好了住院手续,等着各项检查,我坐在病床前一张矮凳上陪着父亲。父亲闭目养一会儿神,说:"儿子,能不能办理出院?"

我怔住,无语,父亲这是玩的哪一出哇?这么多年来,父子两地分居,我没尽到多少做儿子的义务,内心还是有愧疚的,我正想用父亲住院的机会,好好陪陪他。

父亲说:"我还是想到南京再看看。"

妹夫是名牌中学教师,利用学生家长的关系,为父亲在省肿瘤医院办理好住院手续后,我就请假赶到南京,做好全陪的准备了。

病房里连我父亲一共三个病人,其他两个早到的都找了护工。

隔壁床病人家属是一个始终笑眯眯的阿姨,她说:"刚做手术的几天,还是要请一个护工的,她们有经验,家里人手忙脚乱的,还弄不好,花钱买安心。"

她努努嘴,向我们推荐奚大姐,说道:"这个奚大姐就不错的啦。"

奚大姐正在给阿姨家老公擦身,回过头对我们这边笑了笑说:"哪里哪里。"算是打了招呼。

她的脸五官端正,眉目清秀,五十多岁的样子,看着她,我总觉得在哪儿见过。

父亲手术安排在后天,眼下他还很精神,听着奚大姐讲话,望了望问:"奚大姐,哪里人哪?"

奚大姐说是安徽的。

父亲表情出现变化,眉毛一扬,问道:"安徽哪里?"

"全椒,"奚大姐笑着说,"老爷子没听说过吧?小地方。"

父亲又望了望她,点了点头,不再吱声,闭起了眼。

听说奚大姐是全椒人,我也感到意外,父亲无疑是想到了他的青春岁月了吧。

我把削好的苹果切下四分之一递给父亲,推了推他,他抬起眼皮望望我,又闭上了,依然没说话。在他闭上眼的一霎,我分明看到了一丝不快,显然是打扰了他。

奚大姐就成了父亲的护工。

从手术前的各项检查,到从手术室回来的特级护理,这下就全指望奚大姐了。她是二十四小时陪护,夜里就在父亲病床前打个地铺将就着睡。值夜班的我好歹还租个折叠床,夜里好囫囵睡睡。夜里,父亲隔一会儿就要喝水,就喊:"奚大姐,我要喝水。"奚大姐好像没睡一样,马上说"好的",立刻起来揉揉眼睛,把事先倒好的凉水，兑上些热水，不冷不热，端给父亲喝。

闲下来时，奚大姐和我们聊天，说她以前没干过护工，因为女儿考到南京医科大学，她就跟着一起来了，租一间房子和女儿一起住。奚大姐说："老乡介绍到这家医院做护工，我说没干过。老乡说，没干过也没关系，把病人当成家里人就行了。这不，一做就是三年了。"

正说着，父亲说："奚大姐，我要上个厕所。"奚大姐扶着父亲，手里拎着从手术刀口伸出来通过导管连着的废液袋，慢慢地去卫生间了。把父亲安顿好，她在门口等着父亲。结束后，把父亲扶到床上，她又回到卫生间冲水，拖地。

"等女儿大学毕业了，"奚大姐擦了擦额头上的汗说，"如果在南京能找到工作，那最好了，以后找个对象，结婚成家，我就放心了，回老家安度晚年了。"

这天下午，奚大姐在给父亲洗脸的时候，接了一个电话，她用家乡话说了几句后，脸上有点焦急的样子，就到阳台上去了。奚大姐的全椒话，我们听不懂，父亲听得懂，他听着奚大姐接电话，表情里头有了些忧虑。她接了电话回来，继续给父亲洗脸，又给父亲擦了身，洗了脚。然后，奚大姐说："不好意思，老爷子，我不能再为您服务了，我妈生病住院了，我要赶回老家，照顾她。"

"你真孝顺。"父亲说，话语里有一丝不舍。

奚大姐笑着说："老爷子，您老也知足吧，儿子、女儿和女婿都不错呀，再说了，做儿女的，这是本分。"

父亲年轻时在全椒的部队服役，经媒妁之言和我母亲结婚，有了我。后来，他在部队认识了一个女兵，父亲回老家和我母亲离了婚。这个女兵是当地人，也就是我妹妹的妈妈。有一回，伯父带着

我要找幸福　251

年少的我去了一趟全椒，看到过后妈，她确实是漂亮，是那种在农村怎么也不会见到的美丽。我在见到奚大姐第一眼时有过似曾相识的感觉，我的记忆中间闪现了少年时代在全椒见过的后妈的影子。

后来父亲转业回到老家，妹妹的妈妈却没有跟过来。为此，父亲很不开心，也没有和我妈妈复婚。我和妹妹成家后，他就一直一个人生活。

父亲的日记本

我的兄弟般的好友章德先生因病离开我们已经有五年了。

今年春节还没过去几天,我接到他儿子章格的电话,说要和我见个面。

章德老兄比我大十岁,在我文学创作刚起步阶段,得到过担任本地日报副刊编辑的他的许多帮助,每年他都要刊发我多篇作品。

章德兄号称"三好编辑",好友好烟好酒。朋友多,遍布各行各业,也有许多爱好文学的领导干部。酒无论孬好,常常是一日两顿,我们几乎每周都要在一起喝一顿两顿。烟一般是二十块钱一包的地产烟"一品梅",一天两包。

我和章格见面是在水门桥东的咖啡馆。上一次见面还是在他爸爸的追思会上。他比我先到,定了个小包间。我和章德兄认识时,他刚从县里调上来,住在报社印刷厂院子里,常喊我到他家喝酒。他家没有厨房,就在走廊里烧饭。那时,章格才三四岁,还没上学,现在已经三十好几了。

寒暄过后,他为我点了一份拿铁咖啡,又点一壶碧螺春,他笑着说:"韦叔,我们就中西合璧吧。"

章格说:"我爸走后,我一直忙着工作的事,没有机会整理他

的遗物。直到今年春节才抽空整理。我爸有记日记的习惯，单是各种日记本就有六十八本，我用三天时间才大概把它看完。"

我说："我听你爸说过，他每天回家不管怎么晚，都要把日记记完才能睡觉。这真是一个好习惯，这么多年，能坚持下来不容易。"

章格接着说："我看到他写的许多我小时候的事情，有的很有趣。比如，我刚上幼儿园，有一天，幼儿园女老师在上课，她启发我们说，小朋友们，我们身体上有许多对称的，比如两只手，左边一只，右边一只，对吗？那么，我们身上还有什么是对称的呢？小朋友纷纷举手，有说两只眼睛的，有说两条腿的，有说两只耳朵的，刚从农村进城的我也不甘示弱，小手举得高高。女老师让我说。我站起来，声音洪亮地说，老师老师，还有两个大奶子！结果我爸被幼儿园园长请过去接受教育了。不过，从那时起，我们家也改变了裸睡的习惯了。"

我笑出了眼泪，问章格："真有这事？"

"也许有吧，肯定不是他杜撰的。"章格不好意思笑了笑说，"日记里还看到一件事，这件事我有印象。我上初中时，不喜欢念书，逃学到游戏厅打游戏，被我爸找到了。我爸把我带回家，他没有打我，找来家里的《新华字典》，对我说，你随便说一个字，我都能知道它在第几页。我不信。我爸说，要是我说对了，你能保证今后不再去游戏厅，好好念书吗？我将信将疑地说能。结果，我说了十几个字，我爸都说出了它们在字典的第几页！从此以后，我就再没有踏进游戏厅一步！"

"是的，你爸是个很有文字功底的人。"我抿两口碧螺春说，"你爸跟我说过，他读书时家里穷，没有课外书看，他就背写作文得到的奖品《新华字典》，把字典背得滚瓜烂熟。"

章格陷入对父亲的深深思念中了，闭上眼睛。

我们沉默了几分钟，各自喝点咖啡、茶。

过一会儿，章格望着我问："韦叔，我爸向您借过好多次钱吧？"

这个我有印象的，章德兄刚从农村进城，嫂夫人没有正式工作，到处打零工，还带着个孩子，手头紧，常会向我借钱度饥荒。不过后来都还了。他还钱时会提前和我约好，带一瓶酒到我家附近，找个小饭店，先把钱还我，让我当面数清，然后点几个菜，一起把酒喝完，每人再来一瓶啤酒"漱漱嘴"。每次都是他争着买单，他呵呵笑着说："就算利息吧。"

"我在日记本里查到的有五次，"章格说，"前面四次都有后续还钱的记录，还在借钱的记录旁边打上标注，'已还，见某年某月某日。'唯有最后一次借钱，没有还钱的记录。"

我想了一会儿，想把这事忘记，就说："我没什么印象了。"

"对照日记时间和前后文，"章格说，"我爸最后一次向您借钱是在他去世前的半年时间，后来他身体状况越来越糟糕，住进了医院，日记也就断了……"

"唉，你爸是个好人哪！"想起和章德兄在一起的点点滴滴，我心里发酸，"走得太早了……"

"父债子还，天经地义。"章格说，"我今天约您见面，主要任务就是把父亲欠您的钱还给您。"他从手包里掏出一个信封，推给了我。

"你这孩子……"我不知道说什么好。

"韦叔，你别多说了，就收下吧！不然，我爸在天之灵也会不

安的！"章格说得很诚恳。

　　临走时，章格又从旁边拎出一个布袋子，打开，里面是两瓶茅台酒，他说："我妈知道我来找你，特意让我把这两瓶酒带给您，说是我爸住院前交代的，他说：'这两瓶酒，一定要给韦歌！让他替我喝！'"

　　酒还没喝到嘴，我就有点醉了。